A PAIXÃO DO SOCIALISMO
De vagões e vagabundos
& outras histórias

Livros do autor na Coleção **L&PM** Pocket:

Antes de Adão
Caninos brancos
O chamado da floresta
A paixão do socialismo

Jack London

A PAIXÃO DO SOCIALISMO
De vagões e vagabundos
& outras histórias

www.lpm.com.br
L&PM POCKET

Coleção L&PM Pocket, vol. 56

Este livro fui publicado originalmente em formato 14x21, em 1985, com o título *De vagões e vagabundos*.
Foi editado na Coleção **L&PM** POCKET em 1997.
Nesta reimpressão (2009), o título foi mudado para *A paixão do socialismo*.

Capa: Marco Cena
Apresentação: Eduardo Bueno
Tradução e organização: Alberto Alexandre Martins
Tradução do ensaio "A paixão do socialismo": Nelson Jobim
Revisão: Renato Deitos e Flávio Dotti Cesa

CIP - BRASIL CATALOGAÇÃO-NA-FONTE
SINDICATO NACIONAL DOS EDITORES DE LIVROS, RJ

L838p
2.ed.
London, Jack, 1876-1916
   A paixão do socialismo : de vagões e vagabundos & outras histórias / Jack London ; tradução e organização de Alberto Alexandre Martins ; [tradução do ensaio "A paixão do socialismo", Nelson Jobim]. - 2.ed. - Porto Alegre, RS : L&PM, 2009.
   144p. – (L&PM Pocket ; v. 56)

   Publicado anteriormente sob o título: De vagões e vagabundos
   ISBN 978-85-254-0020-8

   1. London, Jack, 1876-1916. 2. Escritores americanos - Século XX - Biografia. I. Martins, Alberto Alexandre, 1958-. II. Título. III. Título: De vagões e vagabundos & outras histórias. IV. Série.

09-0829.   CDD: 818
                                 CDU: 821.111(73)-94

© L&PM Editores, 1997

Todos os direitos desta edição reservados à L&PM Editores
Porto Alegre: Rua Comendador Coruja 314, loja 9 - 90220-180
                Floresta - RS / Fone: 51.3225.5777
Pedidos & Depto. comercial: vendas@lpm.com.br
Fale conosco: info@lpm.com.br
www.lpm.com.br

Impresso no Brasil
Verão de 2009

ÍNDICE

NA SELVA DAS CIDADES – *Eduardo Bueno* / 7

A PAIXÃO DO SOCIALISMO / 11
    O herege / 13
    De vagões e vagabundos – Memórias do submundo / 41
    Na gaiola – Uma experiência na prisão / 66
    A prisão / 87
    Como me tornei socialista / 107
    A paixão do socialismo / 113
    Os mascotes de Midas / 126

NA SELVA DAS CIDADES

Eduardo Bueno

Dividida entre mares bravios, montanhas inóspitas e ilhas exuberantes, a existência breve e atribulada de Jack London não foi pontilhada apenas de aventuras em ambientes selvagens e peregrinações indômitas típicas de uma vida quase que inteiramente nômade. Nascido em San Francisco, Califórnia, a 12 de janeiro de 1876, filho de uma família pobre cujo pai saiu de casa quando soube que a esposa estava grávida, Jack (batizado John Griffth Chaney) teve uma infância terrivelmente difícil em Oakland, do outro lado da baía de San Francisco. Trabalhou numa fábrica de enlatados, foi jornaleiro, varredor, balconista e na adolescência viveu uma experiência duríssima como empregado numa tecelagem de juta. Somente em 1900, com a publicação de *The Son of the Wolf,* conseguiu firmar-se como escritor e levar uma vida digna de sua genialidade.

A L&PM Editores apresenta ao público brasileiro um lado menos conhecido da extensa bibliografia de London. Esse volume narra aventuras diferentes daquelas às quais o leitor costuma associar o nome de London. Aqui não há tempestades furiosas desabando sobre mares desconhecidos, andarilhos perdidos em vastidões desoladas, nevascas em acampamentos de pioneiros da corrida do ouro, nem a lascívia generosa dos Mares do Sul. Num contexto incomum, entretanto, alguns temas típicos da prosa viril e direta de London estão presentes e dominam essas histórias: fome, ganância, privação, audácia e solidariedade.

Esta antologia de textos selecionada pela L&PM e traduzida e organizada por Alberto Alexandre Martins começa com "O herege" ("The Apostate", no original), conto pungente de base autobiográfica escrito por London num verão especialmente criativo: o de 1906, quando ele redigiu nada menos do que treze histórias, das quais a mais poderosa foi, justamente, "O herege".

Em maio de 1893, aos 17 anos, retornando de sua primeira grande viagem marítima (que o conduzira ao Japão e às ilhas Bonin), Jack London encontrou-se economicamente quebrado. Viu-se então forçado a aceitar o mais terrível emprego de sua vida, numa tecelagem de juta: dez horas por dia a dez cents a hora. Um conto sobre um tufão na costa do Japão, premiado com 25 dólares pelo *San Francisco Morning Call,* livrou-o dessa situação. A experiência de oito meses, porém, deixou-lhe marcas profundas.

Em 1906, já famoso, London foi convidado pelo editor de uma grande revista da Costa Oeste para dirigir-se aos estados do sul dos Estados Unidos e escrever uma reportagem sobre o trabalho infantil nas tecelagens de algodão. Forçado a recusar o convite por absoluta falta de tempo, Jack decidiu escrever "O herege", baseado em sua própria experiência. Publicado em 1906 no famoso *Woman's Home Companion,* o conto tornou-se uma arma de ponta na luta pela abolição do trabalho infantil nos Estados Unidos.

Em 1894, depois da tecelagem e do trabalho igualmente mal pago numa usina elétrica, Jack sentiu que já era tempo de pegar a estrada. A decisão se deu quando, banhando-se num rio em Sacramento, ele encontrou uma gangue de *road kids*, garotos estradeiros. "As aventuras que eles contavam faziam minha experiência como pirata de ostras parecer histórias da carochinha", anotou em seu diário.

Então, com os novos amigos, ele aprendeu a saltar nos trens de carga e neles cruzou a nação. "De vagões e vagabundos" ("Holding Her Down"), o conto seguinte desta antologia, narra essas aventuras pelas linhas férreas da América e denuncia a truculência sanguinária dos guarda-freios (algo que lembra o filme "O Imperador do Norte", de Robert Aldrich).

As viagens de trem conduziram Jack às exuberantes Cataratas do Niágara. Em julho de 1894, quando visitava as quedas, ele foi preso por vagabundagem e enviado para a Penitenciária de Erie County, em Buffalo, Nova York. Viveu um mês entre assassinos, facínoras e escroques. Os dois contos que dão seguimento ao livro narram essa amarga vivência carcerária: "Na gaiola" ("Pinched") e "A prisão" ("The Pen").

Inimigo ferrenho do capitalismo, Jack London odiava a ganância que impulsionava o desenvolvimento da América. Sua infância sacrificada, a adolescência rebelde e a experiência na prisão deram-lhe profundas convicções socialistas. Em 1901, ele chegou a receber 245 votos como candidato socialista à Prefeitura de Oakland. Apenas em março de 1916, seis meses antes de sua morte, renunciaria ao Partido, "por sua falta de poder de fogo e luta e pela ênfase cada vez menor na luta de classes".

Os dois textos seguintes do livro, porém, revelam um London ainda extremamente engajado na luta socialista. "Como me tornei socialista" ("How I Became a Socialist") e "A paixão do socialismo" ("What Life Means To Me") foram publicados respectivamente nos livros *War of Classes* e *Revolution and Other Essays*. São textos que ainda hoje emocionam profundamente e deixam claro por que provocaram tanta polêmica quando de sua publicação na revista *Cosmopolitan*.

A paixão do socialismo encerra-se com outro conto autobiográfico sobre a infância de pivete-trombadinha de London pelos becos escuros e ruelas sórdidas da zona portuária de Oakland. "Os mascotes de Midas" ("The Minions of Midas") é uma trama que bem poderia se passar nas inúmeras Febem brasileiras. E explica por que, um dia, Jack London escreveu: "Fui sempre implacavelmente explorado. Até que escolhi o meu lado!".

A PAIXÃO DO SOCIALISMO

De vagões e vagabundos
& outras histórias

O HEREGE

Agora eu me levanto pra trabalhar;
Peço a Deus nada me atrapalhe,
E se eu morrer antes da noite,
Que o meu trabalho valha alguma coisa.

– Se não se levantar já, Johnny, não vou lhe dar nem um bocadinho.

A ameaça não surtiu efeito algum sobre o menino. Ele se agarrava teimosamente ao sono como um sonhador luta por seu sonho. As mãos do menino se fecharam levemente e ele desferiu golpes débeis, espasmódicos, contra o ar. Esses golpes eram dirigidos à sua mãe, mas ela demonstrava uma prática familiarizada em evitá-los enquanto o agarrava bruscamente pelos ombros.

– Me deixa!

Foi um grito que começou abafado nas profundezas do sono, rapidamente ergueu-se como um lamento até tornar-se um apaixonado grito de guerra, morrer e se afundar num inarticulado balbucio. Foi um grito bestial, de uma alma atormentada repleta de infinita dor e protesto.

Mas ela não se importou. Era uma mulher de olhos tristes num rosto cansado que tinha se habituado a esta tarefa e a repetia a cada dia de sua vida. Agarrou os lençóis e tentou puxá-los; mas o menino, interrompendo os socos, agarrou-se a eles em desespero. Em um nó, ao pé da cama, ele permanecia coberto. Ela não esmoreceu. Seu peso era maior e o colchão e o menino cederam, o segundo seguindo instintivamente o primeiro, tentando se abrigar do frio do quarto que agora tombava sobre o seu corpo.

Enquanto oscilou na beira da cama, parecia prestes a despencar de cara no chão. Mas a consciência súbita alvoroçou-o. Endireitou-se e, por um instante, balançou-se perigosamente. Aí tocou o chão com seus pés. Instantaneamente sua mãe agarrou-o pelos ombros e sacudiu-o. De novo seus punhos se lançaram à frente, desta vez com maior força e direção. Ao mesmo tempo seus olhos se abriram. Ela o soltou. Tinha acordado.

– Está bem – resmungou.

Ela pegou o candeeiro e saiu apressadamente, deixando-o no escuro.

– Vai ser suspenso – ela ainda gritou de volta.

Ele não se importou com o escuro. Quando já estava metido em suas roupas, foi até a cozinha. Seu andar era pesado demais para um menino tão leve e magro. Suas pernas arrastavam-se sob o próprio peso, que parecia desproporcional, já que suas pernas eram muito finas. Arrastou uma cadeira com o assento quebrado até a mesa.

– Johnny! – sua mãe alertou rapidamente.

E com igual rapidez ele se ergueu sem dizer uma palavra e foi até a pia. Era uma pia suja, apodrecida. Um odor ruim subia do ralo. Ele nem percebeu. Que uma pia exalasse odores era para ele parte da ordem natural, como era parte da ordem natural que o sabão se misturasse à água suja dos pratos e fosse áspero e duro e não fizesse espuma. Nem ele esperava que fosse diferente. Alguns jatos de água fria da torneira completaram a operação. Não escovou os dentes. Aliás, jamais havia visto uma escova de dentes em sua vida e sequer suspeitava que houvesse no mundo seres culpados de tão grande loucura quanto escovar os dentes.

– Você podia se lavar pelo menos uma vez por dia sem ser mandado – queixou-se sua mãe.

Estava segurando uma tampa quebrada sobre o bule enquanto despejava duas xícaras de café. Ele não respondeu, pois essa era uma antiga discussão entre eles e a única em que sua mãe se mantinha irredutível. Pelo menos uma vez por dia era obrigatório que ele lavasse o rosto. Enxugou-se numa toalha úmida, rasgada e cheia de gordura que deixou seu rosto coberto de fiapos de linho.

– Quem me dera não viver tão longe – ela disse enquanto se sentava. – Tento fazer o melhor que posso. Você sabe disso. Mas um dólar no aluguel é um bocado de economia e aqui há mais espaço. Você sabe disso.

Ele quase não prestava atenção. Já ouvira aquilo tudo antes, inúmeras vezes. A escala de seu pensamento era limitada e ela estava sempre voltando à dificuldade de morarem tão longe da tecelagem.

– Um dólar quer dizer mais bóia – ele acrescentou sombriamente. – Prefiro andar e pegar a bóia.

Comeu apressadamente, mastigando meio pão e engolindo os pedaços maiores junto com o café. O líquido quente e lamacento que recebia nome de café. Johnny pensava que era café – e ótimo café. Essa era uma das poucas ilusões da vida que lhe haviam sobrado. Nunca tinha bebido café verdadeiro em toda a sua vida.

Além do pão, havia uma pequena fatia de toucinho frio. A mãe encheu sua xícara novamente. Quando acabava o pão, começou a olhar esperançoso para ver se havia mais. A mãe interceptou seu olhar interrogante.

– Ah, não seja mesquinho, Johnny – foi o comentário. – Já teve a sua porção. Seus irmãos e irmãs são menores do que você.

Ele não respondeu à reprovação. Não era de muita conversa. E desviou seu olhar faminto. Não se queixava; sua paciência era tão terrível quanto a escola em que a aprendera. Acabou o café, esfregou a boca nas costas da mão e ia se levantar.

– Um segundo – disse ela, afobadamente. – Acho que esse pão ainda agüenta outra fatia, uma fininha.

Havia encenação em seus gestos. Enquanto fingia cortar-lhe uma fatia, pôs o pão e a fatia de volta na cestinha e entregou-lhe uma das suas duas fatias. Pensou que o tinha enganado, mas ele notara os truques de sua mão. Assim mesmo aceitou o pão sem constrangimento. Era sua filosofia que a mãe, com a sua debilidade crônica, não era de comer muito.

Ela viu que estava mastigando o pão a seco, esticou-se e esvaziou a sua xícara de café na dele.

– Não caiu bem no meu estômago esta manhã – explicou.

Um apito distante, agudo e prolongado, pôs a ambos de pé. Ela olhou o despertador de latão na prateleira. Os ponteiros marcavam cinco e meia. O resto do mundo da fábrica estava começando a brotar no sono. Lançou um xale ao redor dos ombros e na cabeça um chapéu velho e surrado.

– Temos que correr – disse apagando o candeeiro e soprando a chaminé.

Foram tateando até a porta e escada abaixo. Estava claro e frio e Johnny estremeceu ao primeiro contato com o ar exterior. As estrelas no céu ainda não tinham começado a sumir e a cidade esparramava-se na escuridão. Johnny e sua mãe arrastavam os pés enquanto andavam.

Não havia ambição alguma nos músculos de suas pernas de levantarem os pés muito acima do solo.

Depois de quinze minutos em silêncio, sua mãe virou à direita.

– Não se atrase – foi seu último aviso vindo da escuridão que acabava de engoli-la.

Ele não respondeu, prosseguindo firmemente em seu caminho. No quarteirão da fábrica, portas se abriam de todos os lados e logo ele era um dentre uma multidão que avançava furiosamente na escuridão. Quando atravessou o portão da fábrica o apito soou novamente. Deu uma olhada para o leste. Contra um rude horizonte de tetos e casas uma pálida luz principiava a brotar. Isso foi tudo que viu no dia enquanto lhe voltava as costas e reunia-se à sua turma de trabalho.

Tomou o seu lugar em uma das muitas longas filas de máquinas. À sua frente, sobre um coche cheio de pequenas bobinas, havia grandes bobinas girando com rapidez. Nestas ele enrolava os novelos de juta das bobinas menores. O trabalho era simples. Tudo que era preciso era velocidade. As bobinas pequenas se esvaziavam tão rapidamente e havia tantas bobinas grandes fazendo isso que não lhe sobravam momentos de ócio.

Trabalhava mecanicamente. Quando uma bobina pequena se esvaziava, usava sua mão esquerda para pará-la, parando a bobina grande; ao mesmo tempo, com o polegar e o indicador, alcançava a ponta do novelo de juta que se debatia; enquanto isso, com sua mão direita alcançava a ponta solta de uma bobina pequena. Todos esses atos eram realizados simultaneamente por ambas as mãos e a toda velocidade. Aí elas se lançavam à frente como dois raios enquanto levantava o laço e soltava a bobina. Não havia nada de difícil nesses laços. Uma vez se gabara de que poderia atá-los até durante o sono. Aliás, ele às vezes o fazia, suando por séculos numa única noite, ao atar uma sucessão infinita de laços de juta.

Alguns dos meninos trapaceavam, desperdiçando tempo e maquinário, deixando de substituir as bobinas pequenas logo que se acabavam. E havia um supervisor para prevenir isso. Ele viu o vizinho de Johnny trapaceando e agarrou-o pelas orelhas.

– Veja o Johnny ali, por que não faz como ele? – o supervisor inquiriu irado.

As bobinas de Johnny giravam ao máximo da velocidade, mas ele nem sequer vibrou com o elogio. Houvera um tempo... mas isso já fazia muito, muito tempo. Seu rosto apático não demonstrava emoção alguma enquanto o apontavam como um exemplo brilhante. Era o trabalhador perfeito. Sabia disso. Assim tinham-lhe dito, inúmeras vezes. Era um lugar-comum e, além disso, parecia não significar mais nada para ele. De trabalhador perfeito evoluíra para tornar-se a máquina perfeita. Quando seu trabalho ia mal, é porque ocorria com ele o mesmo que com uma máquina, era devido a material defeituoso. Era tão plausível um cortador de unhas perfeito cortar unhas imperfeitas quanto ele cometer um erro.

E não há por que se espantar. Jamais houvera

um tempo em que não tivesse vivido em íntimas relações com máquinas. As máquinas quase tinham sido criadas dentro dele; de qualquer modo, ele tinha sido criado junto delas. Doze anos antes, houvera um pequeno alvoroço na sala dos teares dessa mesma tecelagem. A mãe de Johnny desmaiara. Esticaram-na no chão em meio às máquinas barulhentas. Duas mulheres mais velhas foram chamadas. O supervisor as assistiu. E em poucos minutos havia na sala dos teares uma alma a mais de quantas tinham entrado pelas portas. Era Johnny, nascido com o som e o peso dos teares em seus ouvidos, sorvendo, no seu primeiro respirar, a atmosfera úmida, abafada e impregnada de tantos fiapos de fibra suspensas. Naquele primeiro dia ele tossiu para livrar seus pulmões daquelas fibras, e pelo mesmo motivo continuou a tossir desde então.

O menino ao lado de Johnny soluçava e fungava. Seu rosto estava retorcido de raiva pelo supervisor que lhe pregava, a distância, um olho ameaçador; mas cada bobina agora corria a toda. O garoto lançava terríveis impropérios às bobinas que giravam à sua frente, mas o som não ultrapassava dois metros, o ruído da sala o abafava e continha como um muro.

A tudo isso Johnny não deu a menor atenção. Tinha um modo próprio de aceitar as coisas. Além disso, as coisas se tornam monótonas quando repetidas e essa ocorrência específica ele já tinha presenciado diversas vezes. Opor-se ao supervisor parecia-lhe tão inútil quanto desafiar a vontade da máquina. Máquinas eram feitas para realizar determinados movimentos e em determinadas direções. O mesmo ocorria com o supervisor.

Mas às onze horas houve um alvoroço na sala.

De maneira insuspeitada o alvoroço instantaneamente tomou conta do lugar. O menino de uma perna só que trabalhava do outro lado de Johnny manquitolou agilmente até um grande coche vazio. Mergulhou dentro dele, com muletas e tudo, e sumiu de vista. O superintendente da tecelagem se aproximava acompanhado por um homem mais jovem. Este estava bem vestido e usava uma camisa engomada – era um "cavalheiro", segundo a classificação que Johnny fazia dos homens, e, além disso, "o Inspetor".

Ele olhava agudamente para os meninos enquanto passava. De vez em quando parava e fazia perguntas. Quando assim fazia, era obrigado a gritar com todas as forças de seus pulmões e nesses momentos sua cara ficava ridiculamente contorcida pelo esforço de se fazer ouvido. Seu olho atento captou a máquina vazia ao lado de Johnny, mas não disse nada. Johnny também chamou sua atenção e ele estancou bruscamente. Tomou Johnny pelo braço e puxou-o para afastá-lo da máquina por alguns instantes, mas numa exclamação de surpresa largou-o.

– Bem magrinho – o superintendente sorriu ansioso.

– Paus de cachimbo – foi a resposta. – Veja essas pernas. O garoto está raquítico – é o princípio, mas já é. Se a epilepsia não o pegar vai ser porque a tuberculose o levou antes.

Johnny escutava, mas não entendia. Além disso, não estava interessado em futuras doenças. Havia uma doença muito mais séria e mais imediata ameaçando-o sob a forma do Inspetor.

– Ouça bem, meu rapaz, quero que me diga a verdade – o Inspetor disse, ou melhor, gritou, curvando-se em direção às orelhas do menino para se fazer ouvir. – Quantos anos você tem?

– Catorze – mentiu Johnny com toda a força dos seus pulmões. E tão alto mentiu que instantaneamente brotou-lhe uma tosse seca, entrecortada, que levantou todo o lixo que tinha se depositado em seus pulmões desde o início da manhã.

– Parece dezesseis, no mínimo – disse o superintendente.

– Ou sessenta – arrematou o Inspetor.

– Ele sempre foi assim.

– Desde quando? – indagou o Inspetor velozmente.

– Há anos. Nunca fica mais velho.

– Nem mais novo, devo dizer. Suponho que ele trabalhou aqui todos esses anos.

– Sim e não, mas isso foi antes de passar a nova lei – apressou-se em acrescentar o superintendente.

– Máquina parada? – o Inspetor indagou, apontando a máquina desocupada ao lado de Johnny, na qual as bobinas semicheias rodopiavam como loucas.

– Assim parece. – O superintendente chamou o supervisor e gritou em seus ouvidos, apontando a máquina.

– Máquina parada – declarou de volta ao Inspetor.

Seguiram caminho e Johnny retomou seu trabalho, aliviado por se ver livre da doença. Mas o menino de uma perna só não teve a mesma sorte. O astuto Inspetor alcançou-o dentro do coche, à altura de um braço. Seus lábios tremiam e sua face manifestava todo o terror de alguém sobre quem se abatera uma profunda e irremediável tragédia. O supervisor pareceu estar perplexo, como se pela primeira vez pusesse os olhos no menino, enquanto o rosto do superintendente expressava surpresa e desagrado.

– Eu o conheço – disse o inspetor. – Tem doze anos. Já o fiz ser dispensado de três fábricas só este ano. Esta é a quarta.

Virou-se para o menino de uma perna só.

– Você me prometeu, palavra de honra, que iria para a escola.

O garoto irrompeu em lágrimas.

– Por favor, senhor Inspetor, dois bebês morreram e nós somos terrivelmente pobres.

– O que o faz tossir desse modo? – o Inspetor indagou como se estivesse acusando-o de um crime.

E, como a negar a culpa, o garoto respondeu:

– Não é nada. Peguei um resfriado na semana passada, senhor Inspetor, é só.

Afinal o menino de uma perna só saiu da sala com o Inspetor, este último acompanhado pelo ansioso e reclamão superintendente. Depois disso a monotonia tomou conta do ambiente outra vez. A manhã comprida e a tarde mais longa ainda esvaíram-se e o apito soou a hora da saída. A escuridão já tinha baixado quando Johnny atravessou os portões da fábrica. Nesse intervalo o sol transformara o céu numa escada de ouro, inundara o mundo com seu calor e sua graça e caíra e desaparecera no oeste atrás de um horizonte estilhaçado por tetos.

A janta era a refeição familiar do dia – a refeição em que Johnny se defrontava com seus irmãos e irmãs mais novos. Para ele tinha a natureza de um confronto, já que era muito mais velho, enquanto os outros eram ainda desanimadoramente infantis. Não tinha paciência alguma para com as suas curiosas e irrequietas brincadeiras. Não as compreendia. A sua própria infância estava demasiado longe. Era como um velho ranzinza, irritado com a turbulência dos espíritos mais jovens. Tudo isso não era para ele nada além de uma arrogante estupidez. Encarava a sua comida silenciosamente, achando uma compensação no pensamento de que eles logo teriam que trabalhar. Isso apararia as suas arestas e os tornaria sérios e dignos – como ele. E assim era que, como fazem quase todos os humanos, Johnny fazia de si o metro com o qual media o universo.

Durante a refeição sua mãe explicou de várias maneiras e com infinitas repetições que estava fazendo o melhor que podia; de forma que foi com alívio que, terminado o jantar, Johnny empurrou sua cadeira e se ergueu. Hesitou um instante entre a cama e a porta da frente e finalmente saiu por essa última. Não foi longe. Sentou-se nos degraus da escada, os joelhos erguidos e os ombros estreitos caídos para a frente, os cotovelos apoiados nos joelhos e as palmas das mãos suportando o queixo.

Enquanto ficava ali sentado, não pensou em nada. Estava apenas descansando. No que dizia respeito ao seu cérebro, estava dormindo. Seus irmãos e irmãs saíram e com outras crianças puseram-se a brincar ruidosamente ao seu redor. Um poste de luz elétrica na esquina iluminava as estrepolias. Que ele era resmungão e briguento elas sabiam, mas o espírito de aventura fez com que o provocassem. Deram-se as mãos à sua frente e, marcando o ritmo com os pés, principiaram a cantar bem na sua cara umas estrofes estranhas e maldosas. De início, ele distribuiu palavrões – palavrões que aprendera dos lábios de vários supervisores. Não obtendo resultado e recordando sua dignidade, enfurnou-se num silêncio de cão.

Seu irmão Will, o segundo em idade, que acabara de completar seu décimo aniversário, era quem puxava a fila. Johnny não possuía sentimentos particularmente carinhosos em relação a ele. Sua vida, desde cedo, fora amargada por um constante renunciar e dar vez a Will. Sentia interiormente que Will lhe devia muito e não expressava nenhuma gratidão. Em sua própria infância, lá longe, no lusco-fusco do passado, fora roubado de grande parte de seu tempo por ser obrigado a tomar conta de Will. Will era então um bebê, e naquela época como agora sua mãe passava os dias na tecelagem. A Johnny coubera o papel tanto de pequeno pai como de pequena mãe.

Will parecia exibir os benefícios de tanta renúncia e sacrifício. Era musculoso, bem-proporcionado, tão alto quanto o irmão mais velho e até mais pesado. Era como se a vida e o sangue de um tivessem se desviado para as veias do outro. E quanto ao humor era a mesma coisa. Johnny era um pangaré caduco e sem elasticidade, enquanto seu irmão mais novo parecia um potro explodindo e transbordando de exuberância.

O vozerio provocativo crescia e engrossava. Will chegou-se mais perto enquanto dançava, pondo a língua para fora. O braço esquerdo de Johnny deu um salto à frente e enlaçou-o pelo pescoço. Ao mesmo tempo socou com seu punho quase só ossos o nariz do irmão. Era um punho pateticamente ossudo, mas pontiagudo o suficiente para machucar, o que ficou claro pelo grito de dor que produziu. As outras crianças gritaram assustadas enquanto Jennie, a irmã de Johnny, correu para dentro de casa.

Dando empurrões, Johnny afastou Will para mais longe, chutou barbaramente suas canelas, aí agarrou-o e arremessou-o de cara no chão. Não o soltou até que tivesse esfregado seu rosto na sujeira inúmeras vezes. Aí apareceu a mãe, um anêmico furacão de boas intenções e ira maternal.

– Por que ele não me deixa em paz? – foi a resposta de Johnny à sua reprimenda. – Será que não vê que estou exausto?

– Sou tão grande quanto você – Will teimava nos braços da mãe, sua cara uma mixórdia de lágrimas, sangue e terra – Sou tão grande quanto você e vou ficar maior ainda. Aí vou acabar com você, espere só pra ver.

– Você devia estar trabalhando, já que é tão grande assim – Johnny replicou. – Esse é o seu problema. Devia estar trabalhando. E sua mãe é quem devia estar cuidando disso.

– Mas ele é uma criança – ela reagiu. – É novo demais.

– Eu era mais novo do que ele quando comecei a trabalhar.

A boca de Johnny estava aberta como que enfatizando o sentimento de injustiça que experimentava, mas ele fechou-a num ruído. Girou tristemente nos calcanhares e esgueirou-se para casa e para a cama. A porta de seu quarto estava aberta para deixar entrar o calor da cozinha. Enquanto se despia na semi-escuridão do quarto podia ouvir sua mãe conversando com uma vizinha que chegara. Sua mãe estava chorando e sua fala era entrecortada por suspiros de desânimo.

– Não consigo entender o que está acontecendo com Johnny – ele a ouvia dizer. – Ele não costumava agir dessa maneira. Era um anjo de paciência. – E ele é um bom menino – apressava-se em acrescentar. – Ele trabalhou duro e é verdade que foi trabalhar muito cedo. Mas não foi culpa minha. Eu faço o melhor que posso, tenho certeza disso.

Suspiros prolongados na cozinha, e Johnny murmurou para si mesmo enquanto suas pálpebras se fechavam:

– Pode apostar quanto quiser que eu dei duro.

Na manhã seguinte foi arrancado por sua mãe das garras do sono. Veio o minguado café da manhã, a caminhada no escuro e o pálido luzir do dia sobre os telhados enquanto ele virava as costas e atravessava os portões da fábrica. Era outro dia, mais um entre tantos, e todos os eram iguais.

E mesmo assim houvera diversão em sua vida – nos tempos em que mudava de um emprego para outro ou ficava doente. Aos seis anos desempenhava o papel de pai e mãe para Will e as outras crianças ainda menores. Aos sete entrou na tecelagem – recarregando bobinas. Quando tinha oito, conseguiu emprego numa outra tecelagem. Seu novo trabalho era magnificamente fácil. Tudo que tinha a fazer era ficar sentado com uma pequena varinha em sua mão e guiar um emaranhado de fibras que passavam ao seu lado numa esteira rolante. Esse emaranhado de fibras saía das entranhas de uma máquina, caía sobre um rolo quente e seguia seu curso em várias direções. Mas ele se sentava sempre no mesmo lugar, além do alcance da luz do dia, um vazamento de gás empapando-lhe as roupas, ele mesmo tornando-se parte integrante do mecanismo.

Sentia-se muito feliz nesse serviço, apesar da umidade e do calor, pois ainda era jovem e cheio de sonhos e ilusões. E doces sonhos sonhava enquanto cuidava dos emaranhados rios de fibra deslizando infinitamente ao seu lado. Mas não havia exercício nesse serviço, nenhum desafio à sua mente, e ele passou a sonhar cada vez menos, enquanto seu cérebro se tornava cada vez mais entorpecido e embotado. Mesmo assim, ele recebia dois dólares por semana e dois dólares eram a diferença entre anemia aguda e desnutrição crônica.

Mas quando fez nove anos perdeu o emprego. Por causa da caxumba. Quando se recuperou conseguiu emprego numa fábrica de vidros. O salário era melhor e o trabalho requeria habilidade. Era um trabalho manual, peça por peça, e quanto mais habilidade possuía, maiores somas recebia. Aqui sim havia estímulo. E com esse estímulo Johnny se tornou um trabalhador insuperável.

Era um trabalho simples, amarrar tampas de vidro em pequenas garrafas. Na cintura ele carregava um cinto de corda. Prendia as garrafas entre as pernas de forma que pudesse trabalhar com ambas as mãos. Assim, acocorado e dobrando-se sobre seus próprios joelhos, seus ombros estreitos encurvaram-se ainda mais e seu tórax permanecia contraído dez horas por dia. Isso não lhe fazia bem aos pulmões, mas ele conseguia amarrar trezentas dúzias de garrafas por dia.

O superintendente estava muito orgulhoso de seu trabalho e trazia visitantes para que o observassem. Em dez horas, trezentas dúzias de garrafas passavam pelas suas mãos. Isso significava que tinha atingido a perfeição das máquinas. Todos os movimentos desnecessários tinham sido eliminados. Cada movimento dos seus finos braços, cada movimento de músculo dos seus finos dedos era rápido e preciso. Ele trabalhava em alta-tensão e o resultado foi que se tornou nervoso. À noite, seus músculos contorciam-se durante o sono, e de dia, não podia recuperar-se e descansar. Permanecia alerta e os músculos continuavam a se contorcer. Também ficou amarelo e sua tosse piorou. Daí uma pneumonia atacou seus débeis pulmões dentro daquele peito contraído e ele perdeu o emprego na fábrica de vidros.

Agora tinha voltado para as tecelagens de juta onde começara recarregando bobinas. Mas uma promoção o esperava. Era um bom empregado. O próximo passo seria a engomaria e, mais tarde, a sala dos teares. Não havia nada além disso, exceto trabalhar cada vez com mais e mais eficiência.

As máquinas giravam mais depressa do que quando fora trabalhar lá a primeira vez, e seu cérebro corria agora cada vez mais devagar. Apesar de seus primeiros anos terem sido cheios de sonhos, já não sonhava mais. Uma vez estivera apaixonado. Fora quando começara a guiar o emaranhado de fibras sobre o rolo quente, e fora pela filha do superintendente. Ela era bem mais velha do que ele, quase uma jovem mulher, e ele a tinha visto apenas umas cinco ou seis vezes, a distância. Mas isso não fazia a menor diferença. Na superfície daquele rio de fibras que se despejava ao seu lado, ele desenhava radiantes futuros nos quais realizava prodígios de trabalho, inventava máquinas milagrosas, até tornar-se, no fim, o proprietário da tecelagem e tomá-la nos braços e beijá-la solenemente na testa.

Mas tudo isso fora há muito tempo, antes de ter envelhecido e se cansado do amor. Além disso, ela se casara e tinha ido embora e seu cérebro tinha se posto a dormir. Mesmo assim fora uma experiência maravilhosa e freqüentemente ele a recordava como homens e mulheres recordam o tempo em que acreditavam em contos de fadas. Ele nunca acreditara nem em fadas nem em Papai Noel; mas acreditara implicitamente no futuro feliz que sua imaginação desenhara e costurara naquele emaranhado de fibras e gases que passavam.

Tornara-se homem muito cedo em sua vida. Aos sete anos, quando recebeu seus primeiros salários, começou sua adolescência. Um certo sentimento de independência crepitou nele e suas relações com a mãe se modificaram. De algum modo, recebendo salários e ganhando seu pão, respondendo pelo próprio emprego no mundo, estava em igualdade de condições com ela. Maturidade, plena idade adulta, chegara-lhe aos onze anos, quando foi trabalhar por seis meses no turno da noite. Criança alguma trabalha no turno da noite e permanece uma criança.

Tinha havido vários grandes acontecimentos em sua vida. Um desses, quando sua mãe trouxe para casa algumas ameixas secas da Califórnia. Outros dois nas vezes em que tinha cozinhado omeletes. Esses tinham sido acontecimentos. Ele os recordava com ternura. E naquela época sua mãe lhe contara de um prato sublime que ela algum dia faria – "ilha flutuante", ela o chamava, "muito mais gostoso que omeletes". Durante anos ele esperou pelo dia em que se sentaria à mesa tendo a ilha flutuante à sua frente, até que finalmente tinha relegado a idéia ao limbo dos ideais inatingíveis.

Uma vez achara um quarto de dólar na calçada. Esse também fora um grande acontecimento em sua vida, embora trágico. Soube qual era o seu dever no mesmo instante em que a moeda de prata brilhou ante os seus olhos, antes sequer de tê-la tocado. Em casa, como sempre, não havia o suficiente para se comer e para casa devia levá-la tal como levava seus salários todo sábado à noite. O modo correto de agir era claro neste caso; mas ele nunca fizera uso do seu dinheiro antes e agora fora acometido por uma súbita e terrível ânsia de doces. Estava esfaimado por aqueles doces que só em dias feriados ele provara em sua vida.

Nem tentou enganar-se. Sabia que era pecado e pecou deliberadamente quando sucumbiu a um maligno doce de quinze centavos. Guardou dez centavos para uma futura orgia; mas, como não estava acostumado a carregar dinheiro, perdeu os dez centavos. Isso aconteceu na época em que estava sofrendo todos os tormentos de sua consciência, e foi para ele um ato de graça divina. Possuía a impressão ameaçadora da proximidade de um Deus terrível e raivoso. Deus o vira e Deus o punira rapidamente, privando-o até das plenas recompensas de seu pecado.

Na memória sempre se referia a esse acontecimento como o grande ato criminoso de sua vida e, ao recordar, sua consciência sempre se espetava de remorsos. Era o esqueleto no seu armário. E também, sendo tão severo e circunspecto, ele o recordava com imenso desgosto. Ficara insatisfeito com o modo como tinha gasto aqueles vinte e cinco centavos. Poderia tê-los investido melhor e, ciente da rapidez do castigo divino, teria deixado Deus para trás gastando os vinte e cinco centavos todos de uma vez. Gastou aqueles vinte e cinco centavos imaginariamente pelo menos um milhão de vezes, cada vez com maior proveito e vantagens.

Havia uma outra memória do passado, turva e desconexa, mas estampada em sua alma para sempre pelos pés monstruosos do seu pai. Era mais como um pesadelo do que como a lembrança visual de alguma coisa concreta, mais como a memória da raça de um homem que o faz cair no sono e voltar à árvore invisível dos seus ancestrais.

Essa singular memória nunca o alcançava à luz do dia, quando estava inteiramente acordado. Vinha à noite, na cama, no momento em que sua consciência começava a afundar e perder-se nas profundezas do sono. E sempre o trazia de volta à assustadora vigília e, naquele instante, ao primeiro terrível movimento, tinha a impressão de estar deitado ao pé da cama onde oscilavam as formas vagas de seu pai e sua mãe. Nunca soube como era seu pai. Guardava-lhe apenas uma impressão e essa era a de que ele tinha impiedosos, pesadíssimos pés.

Essas primeiras memórias viviam consigo, mas não havia memórias mais recentes. Todos os dias eram iguais. Ontem ou o ano passado eram o mesmo que um milhão de anos – ou um minuto. Nunca acontecia nada. Não havia acontecimentos que marcassem a passagem do tempo. O tempo não passava. Estava sempre parado. Só os teares se moviam e se moviam em direção a lugar algum – apesar do fato de se moverem sempre cada vez mais rápido.

Quando fez catorze anos foi trabalhar na engomaria. Foi algo do outro mundo. Finalmente tinha acontecido alguma coisa que podia ser lembrada, além de uma noite de sono ou do pagamento de uma semana.

Marcou uma era. Era uma máquina Olympiad e o tempo passou a ser contado a partir dela. "Quando fui trabalhar na engomaria", ou "depois" ou "antes de eu ir trabalhar na engomaria" eram frases que quase não saíam dos seus lábios.

Celebrou seu décimo sexto aniversário indo para a sala dos teares e ocupando um tear. Ali havia estímulo novamente, pois o trabalho era peça por peça. E ele brilhava no serviço, pois o seu próprio barro fora moldado nas tecelagens para se tornar a máquina perfeita. No fim de dois meses ele já era responsável por dois teares e, mais tarde, por três e quatro.

No fim do seu segundo ano nos teares ele estava fiando mais do que qualquer outro tecelão e mais do dobro do que produziam os menos hábeis. E em casa as coisas começaram a prosperar à medida que ele alcançava a sua capacidade máxima de trabalho. Não que os seus salários cada vez maiores estivessem acima do necessário. As crianças estavam crescendo. Comiam mais. Estavam indo para a escola, e material escolar custa dinheiro. E, de algum modo, quanto mais rápido trabalhava, mais depressa subiam os preços das coisas. Até o aluguel subira, embora a casa estivesse agora num estado pior do que antes.

Ficara mais alto, mas em sua nova altura parecia mais magro do que nunca. Além disso, tornara-se mais nervoso. Com o nervosismo, aumentaram sua implicância e irritabilidade. As crianças tinham aprendido, após várias lições amargas, a manterem-se a distância. Sua mãe o respeitava pela sua capacidade de ganhar a vida, mas esse respeito confundia-se estranhamente com o temor.

Não havia alegrias na vida para ele. A procissão

dos dias ele nunca via. As noites, passava-as numa anestesiada inconsciência. O resto do tempo trabalhava e a consciência que tinha era uma consciência da máquina. Fora isso sua mente era um vazio. Não tinha ideais e restava-lhe apenas uma ilusão, a de que bebia um excelente café. Era uma besta-trabalhadora. Não possuía vida mental alguma; mas mesmo assim, lá no fundo, nos túmulos da sua mente desconhecida, estavam sendo medidos e pesados cada hora de suor e trabalho, cada movimento de suas mãos, cada torção de seus músculos, preparando o curso futuro da ação que iria surpreender a ele e a todo o seu pequeno mundo.

Foi no fim da primavera que ele chegou em casa uma noite percebendo que estava com um cansaço fora do comum. Havia uma aguda expectativa no ar quando se sentou à mesa, mas ele não se deu conta. Passou a refeição em silêncio, mastigando mecanicamente o que estava à sua frente. As crianças estalavam a língua e faziam hummms... deliciadas. Mas Johnny estava surdo a tudo isso.

– Sabe o que está comendo? – sua mãe perguntou, por fim, quase desesperada.

Ele olhou vagamente o prato à sua frente e depois para ela.

– Ilha flutuante – ela anunciou triunfalmente.

– Oh – ele disse.

– Ilha flutuante! – as crianças repetiram em coro.

– Oh – ele disse. E depois de duas ou três colheradas acrescentou: – Acho que não estou com fome esta noite.

Largou a colher, afastou a cadeira e ergueu-se com dificuldade da mesa.

– Acho que vou para a cama.

Seus pés arrastaram-se ainda mais pesados do que normalmente enquanto atravessava o chão da cozinha. Despir-se foi uma tarefa de titã, uma monstruosa futilidade, e estava chorando levemente quando se engatinhou para a cama, um sapato ainda no pé. Alguma coisa subia e se dilatava dentro da sua cabeça deixando seu cérebro opaco e confuso. Sentia seus finos dedos grossos e grandes como se fossem o pulso e nas extremidades a mesma sensação remota de vaga opacidade. Doíam-lhe as costas insuportavelmente. Doíam todos os seus ossos. Todo o seu corpo doía. E dentro de sua cabeça começou o chiar, apitar, ribombar, estrondar de um milhão de máquinas. Todo o espaço estava repleto de aros esvoaçantes. Faíscas para todos os lados explodindo entre as estrelas. Ele manejava sozinho um milhão de teares que se moviam cada vez mais depressa, e ele se tornava o fio emaranhado que alimentava aquele um milhão de aros faiscantes.

Na manhã seguinte não foi trabalhar. Estava ocupado demais, fiando infinitamente os mil teares que se moviam dentro do seu cérebro. Sua mãe foi trabalhar, mas antes mandou que chamassem o médico. Era um ataque bastante severo de gripe, foi o diagnóstico. Jennie ficou de enfermeira, seguindo as instruções do médico.

Fora um ataque bastante severo e passou-se uma semana antes que Johnny vestisse suas roupas e vagasse debilmente pela casa. Mais uma semana, disse o médico, e ele já estaria pronto para voltar ao trabalho. O supervisor da sala de teares veio visitá-lo no sábado à tarde, o primeiro dia de sua convalescença. "O melhor tecelão da sala", o supervisor disse à sua mãe. O seu lugar estaria à espera. Voltaria a trabalhar dentro de uma semana a partir de segunda-feira.

– Por que não lhe agradece, Johnny? – perguntou sua mãe ansiosa.

– Esteve tão doente que ainda não é o mesmo – explicou o visitante, procurando desculpar-se.

Os ombros curvos caídos, Johnny sentava-se olhando fixamente para o chão. Ficou sentado na mesma posição ainda muito tempo depois do supervisor ter saído. Estava agradável do lado de fora e mais tarde foi sentar-se nos degraus da escada. Às vezes seus lábios se moviam. Parecia perdido em infindáveis maquinações.

Na manhã seguinte, depois do sol ter esquentado o dia, tomou o seu lugar na escada à frente de casa. Desta vez trazia consigo papel e lápis para prosseguir em seus cálculos e foi o que fez todo o dia, lenta e laboriosamente.

– O que é que vem depois de milhões? – perguntou ao meio-dia a Will, que chegava da escola. – E como se trabalha com isso?

Àquela tarde terminou sua tarefa. Cada dia, porém, sem lápis nem papel, retomava o seu lugar. Estava imensamente absorvido pela árvore que crescia do outro lado da rua. Estudava-a durante horas e ficava extraordinariamente satisfeito quando o vento balançava os seus galhos e revirava as suas folhas. Durante aquela semana toda ele pareceu estar imerso numa profunda comunhão consigo mesmo. Domingo, sentado nos degraus da escada, riu em voz alta várias vezes, para a preocupação de sua mãe que não o ouvia rir há anos.

Na manhã seguinte, no escuro da madrugada, sua mãe veio até seu quarto para despertá-lo. Ele tinha tido sua porção de sono durante toda a semana e despertou facilmente. Não relutou nem tentou agarrar-se aos lençóis quando ela os puxou. Estava deitado calmamente e calmamente ele falou:

– Não adianta, mãe.

– Você vai chegar atrasado – ela disse, acreditando que ele ainda estava zonzo de sono.

– Estou acordado, mãe, e digo que não vai adiantar. Pode me deixar sozinho. Eu não vou me levantar.

– Mas vai perder o seu emprego! – ela gritou.

– Eu não vou me levantar – ele repetiu com uma voz estranha, indiferente.

Aquela manhã ele não foi trabalhar. Aquilo sim era uma doença, além de qualquer doença que ela já ouvira falar. Delírio e febre ela conseguia entender, mas aquilo era loucura. Puxou os lençóis de novo até em cima e mandou Jennie chamar o médico.

Quando este chegou, Johnny dormia tranqüilamente e tranqüilamente despertou e deixou que o médico tomasse o seu pulso.

– Não há nenhum problema com ele – o doutor esclareceu. – Está bem fraquinho, é claro. Não tem muita carne sobre os ossos.

– Ele sempre foi assim – a mãe apressou-se em esclarecer.

– Agora vá embora, mãe, e deixe-me acabar de dormir.

Johnny falou suave e calmamente, e suave e calmamente virou-se para o lado e adormeceu.

Às dez em ponto acordou e se vestiu. Foi até a cozinha, onde encontrou sua mãe com uma expressão de medo e espanto no rosto.

– Vou embora, mãe – anunciou –, vim só para dizer adeus.

Ela cobriu a cabeça com o avental e subitamente sentou-se e chorou. Ele esperou pacientemente.

– Eu devia ter adivinhado – ela soluçava. – Para onde? – perguntou finalmente, retirando o avental de cima da cabeça e olhando-o com um rosto crispado no qual havia uma ponta de curiosidade.

– Não sei, qualquer lugar.

Enquanto falava a árvore do outro lado da rua apareceu-lhe como uma visão luminosa em seu espírito. Parecia esconder-se debaixo das suas pálpebras e ele a podia ver onde quisesse.

– E o seu emprego? – ela estremeceu.

– Não vou trabalhar nunca mais.

– Meu Deus, Johnny! – ela gemeu –, não diga isso!

O que ele tinha dito era uma blasfêmia para ela. Como a mãe que ouve seu filho amaldiçoando a Deus, a mãe de Johnny ficou chocada ao ouvir essas palavras.

– Mas o que é que entrou na sua cabeça? – ela perguntou, num falso apelo à autoridade.

– Imagens – ele respondeu. – Só imagens. Estive imaginando um bocado essa semana, sabe, e é espantoso.

– Não vejo o que isso tem a ver com as coisas – ela fungou.

Johnny sorriu pacientemente e sua mãe recebeu outro choque ao notar a persistente ausência de raiva e irritação.

– Eu explico – ele disse. – Eu vivo esgotado. E o que é que me esgota? Mover-me. Vivo me movendo desde que nasci. Estou cansado de viver me movendo, agora não vou me movimentar mais. Lembra de quando eu trabalhei na fábrica de vidros? Eu costumava amarrar trezentas dúzias por dia. Agora eu me lembro que fazia uma média de dez movimentos diferentes para cada garrafa. Isso dá trinta e seis mil movimentos por dia. Dez dias, trezentos e sessenta mil movimentos. Um mês, um milhão e oitenta mil movimentos. Deixo de fora os oitenta mil – ele falava com benevolência de um filantropo –, deixo de fora os oitenta mil, ficam um milhão de movimentos por mês, isto é, doze milhões de movimentos por ano.

"Na tecelagem eu me movo até duas vezes mais. Isso dá vinte e cinco milhões de movimentos por ano e eu me sinto como se vivesse me movimentando assim há quase mil anos.

"Bem, esta semana eu não movi nem uma palha. Durante horas não fiz sequer um gesto. E, nossa, foi magnífico ficar ali sentado horas e horas sem fazer nada. Eu nunca fui feliz antes. Nunca tive tempo algum. Vivi me movendo o tempo todo. E esse não é modo de ser feliz. Eu não vou fazer isso jamais. Só vou me deixar ficar, ficar e descansar, descansar e daí descansar um outro tanto."

– Mas o que vai ser de Will e das crianças? – ela indagou desesperada.

– É isso, né? Will e as crianças! – ele repetiu.

Mas não havia amargura em sua voz. Há muito tempo ele sabia das intenções de sua mãe para com seu irmão mais novo, mas esse pensamento já não o perturbava. Nada mais tinha importância, nem mesmo isso.

– Eu sei, mãe, o que a senhora estava planejando para o Will, deixá-lo na escola para fazer dele um guarda-livros. Mas não adianta, eu estou caindo fora. Ele vai ter que trabalhar.

– E depois de criar você do modo como criei –

ela choramingou, dando sinais de que ia cobrir a cabeça com o avental novamente, e depois mudou de idéia.

– Você nunca me criou – Johnny volveu com ternura e tristeza. – Eu me criei sozinho, mãe, e criei o Will. Agora ele é maior do que eu, bem mais alto e bem mais forte. Quando eu era pequeno, lembro que nunca tive o suficiente para comer. Quando chegou a sua vez, eu estava trabalhando e comprava a comida dele. Aliás isso acabou. Will pode muito bem ir trabalhar como eu fui ou pode ir para o inferno, eu não me importo. Estou exausto. Vou indo agora. Não vai me dar adeus?

Ela não se moveu. Com o avental cobrira sua cabeça e novamente chorava. Ele parou na porta um instante.

– Eu sei que fiz o melhor que pude – ela soluçava.

Saiu de casa e atravessou a rua. Um esboço de sorriso espalhou-se em seu rosto à visão da árvore solitária. "Eu vou é não fazer nada", sussurrou para si mesmo, quase cantarolando em voz baixa. Lançou um olhar aguçado para o céu, mas a luz do sol, viva e brilhante, o cegou.

Deu uma longa caminhada, bem devagar. Foi parar além da tecelagem. O ruído abafado dos teares chegava até seus ouvidos, e ele sorriu. Um sorriso calmo, plácido, gentil. Não odiava ninguém, nem mesmo as autoritárias, dilacerantes máquinas. Não havia amargura em si, nada além de uma extraordinária sede de descanso.

As casas e as fábricas foram se espaçando e os vazios aumentavam à medida que se aproximava do interior. Afinal, a cidade ficou para trás e ele estava descendo uma colina repleta de folhas ao lado da linha do trem. Não andava como um homem. Não se parecia com um homem. Era apenas um travesti do humano. Era um retorcido e atarracado pedaço de vida sem nome que se chacoalhava como um macaco doente, os braços caídos, os ombros curvos, o peito estreitado, grotesco e terrível.

Passou por uma pequena estação de trem e deitou-se na grama debaixo de uma árvore. Ficou deitado ali toda a tarde. Às vezes adormecia e os músculos ainda se contraíam durante o sono. Quando acordava continuava deitado sem se mexer, observando os pássaros ou olhando o céu por entre os ramos das árvores logo acima da sua cabeça. Uma ou duas vezes riu alto, mas sem nenhuma relação com algo que tivesse visto ou sentido.

Findo o crepúsculo, no primeiro escurecer da noite, um trem de carga trovejou estação adentro. Enquanto a locomotiva mudava de trilhos, Johnny acocorou-se ao lado do trem. Abriu a porta lateral de um vagão vazio e com lentidão e dificuldade subiu a bordo. Fechou a porta. A locomotiva apitou. Johnny estava deitado no chão e na escuridão sorria.

DE VAGÕES E VAGABUNDOS
Memórias do submundo

Deixando de lado os possíveis imprevistos, um bom vagabundo, jovem e ágil, pode resistir até o fim num trem, apesar de todos os esforços da tripulação a bordo para "despejá-lo" – tendo, é claro, a noite como condição essencial. Quando tal vagabundo, sob tais condições, decide que irá resistir até o fim, ou ele se agüenta firmemente até o fim ou o acaso passa-lhe a perna. Não há modo legal, a menos que apelem para o assassinato, pelo qual a tripulação do trem possa despejá-lo. Que os homens de trens não temem apelar para o assassinato é uma crença bastante difundida no mundo da vagabundagem. Não tendo passado por essa particular experiência durante os meus dias de vagabundagem, não posso testemunhar pessoalmente a sua veracidade.

Mas eis o que ouvi acerca das "más estradas". Quando um vagabundo foi "para baixo", sobre os eixos, e o trem está em movimento, não há aparentemente maneira alguma de deslocá-lo até que o trem pare. O vagabundo, escondido e bem abrigado junto ao chassi, com as quatro rodas e todas as ferragens a sua volta, acredita estar a salvo da tripulação – ou assim vai continuar acreditando até o dia em que viajar sobre os eixos numa "má estrada". Uma "má estrada" normalmente é aquela em que pouco tempo antes um ou vários ferroviários foram mortos por vagabundos. Que os céus tenham piedade de vagabundo que for apanhado "embaixo" numa tal estrada – pois apanhado ele será, mesmo que o trem esteja a cem quilômetros por hora.

O tira encarregado dos freios pega uma fina barra de aço e um bom pedaço de corda de sino e leva-os até a plataforma em frente ao eixo no qual o vagabundo está escondido. Amarra a corda de sino na barra e deixa-a pendurada entre as plataformas de dois vagões, esticando-a um pouco. A barra de aço choca-se contra os dormentes dos trilhos, rebate a toda velocidade contra o fundo do vagão e volta de novo contra os dormentes. O tira balança-a pra frente e pra trás, primeiro de um lado, depois do outro, estendendo um pouco mais a corda aqui e recolhendo-a um pouco lá, dando à sua arma a oportunidade para toda uma variação de ângulos e impactos. Cada golpe dessa barra voadora vem carregado de morte e a cem quilômetros por hora ela se torna uma verdadeira metralhadora assassina. No dia seguinte os restos do vagabundo são recolhidos à beira da estrada e uma linha nos jornais da cidade menciona o desconhecido, um vagabundo, sem dúvida, embriagado, com certeza, que provavelmente caíra no sono sobre os trilhos.

Como exemplo característico de como um hábil vagabundo pode agüentar-se até o fim, tenho a intenção de relatar a seguinte experiência:

Eu estava em Ottawa, seguindo para o oeste no Expresso Pacífico Canadense. Quase cinco mil quilômetros de estradas estendiam-se à minha frente, estávamos no outono e eu tinha que atravessar Manitoba e as

Montanhas Rochosas. Podia esperar um tempo áspero e a cada momento de atraso aumentavam as dificuldades e as privações da jornada. Além do mais, andava amargurado. A distância entre Montreal e Ottawa é de menos de duzentos quilômetros. Eu sabia disso, pois acabara de fazer o caminho e isso me custara seis dias. Por engano, tinha perdido a via principal e caído num pequeno desvio onde só passavam dois trens locais por dia. E durante esses seis dias tinha me alimentado de crostas de pão seco, nem sequer em quantidade suficiente, que eu tinha mendigado dos camponeses franceses.

Além disso, minha amargura havia aumentado ainda mais com o dia que passara em Ottawa tentando conseguir alguma peça de roupa para minha longa viagem. Deixe-me dizer aqui que Ottawa, com uma única exceção, é a cidade mais difícil dos Estados Unidos e Canadá para se mendigar uma peça de roupa; a única exceção é Washington D.C. Esta última é o limite de tudo. Lá eu passei duas semanas mendigando um par de sapatos e tive de ir pra Jersey City antes de consegui-lo.

Mas voltando a Ottawa. Às oito em ponto da manhã eu saí atrás das roupas. Trabalhei com energia o dia inteiro. Juro que andei mais de sessenta quilômetros. Conversei com mulheres de quase mil casas. Não parei de trabalhar nem para jantar. E às seis da tarde, depois de dez horas de incessante e deprimente labor, possuía apenas uma camisa, enquanto o par de calças que tinha conseguido era pequeno e mostrava todos os sinais de uma breve desintegração.

Às seis interrompi o trabalho e me dirigi às imediações da estação de trem, pensando em arranjar alguma coisa pelo caminho. Mas o azar ainda não tinha me abandonado. Recusaram-me comida casa após casa. Aí recebi uma esmola. Meu ânimo se elevou, pois era a maior esmola que meus olhos já tinham visto numa longa e concorrida carreira. Era um pacote embrulhado em jornais, tão grande quanto uma mala. Corri para um terreno baldio e abri-o. À primeira vista vi tortas, depois mais tortas, todos os tipos e jeitos de tortas e daí ainda mais tortas. Era tudo torta. Nenhum pão com manteiga com grossas fatias de carne metidas dentro – não havia nada além de tortas, e de todas as coisas comestíveis a que eu mais detesto sempre foi torta! Numa outra época e num outro clima os homens se sentavam às margens dos rios da Babilônia e choravam. E, num terreno baldio da orgulhosa capital do Canadá, eu também sentei e chorei – sobre uma montanha de tortas. Como alguém que contempla o rosto do filho morto, eu contemplava aquela imensa quantidade de massa. Creio que fui um vagabundo mal-agradecido, pois recusei-me a tomar parte na generosidade daquela casa que tinha dado uma festa na noite anterior. Os convidados, evidentemente, também não haviam apreciado as tortas.

Aquelas tortas marcaram o ponto crítico de minha sorte. Pior do que isso nada poderia haver, por isso as coisas deviam começar a se emendar. E foi o que ocorreu. Na casa seguinte recebi um "assento". Um "assento" é o auge da bênção. Você é levado para dentro, muitas vezes lhe dão oportunidade de se lavar e então oferecem-lhe um lugar à mesa. Vagabundos adoram esticar suas pernas debaixo de uma mesa. A casa era grande e confortável, rodeada de espaço e de belas árvores, bem afastada da rua. Tinham acabado de comer e eu fui levado à sala de jantar – acontecimento em si mesmo muito singular, pois o vagabundo que tem a sorte de receber um "assento" geralmente o recebe na cozinha. Um senhor inglês elegante e grisalho, sua esposa já uma matrona e uma bela francesinha conversaram comigo enquanto comia.

Fico me perguntando se aquela bela francesinha ainda se lembrará, hoje em dia, das boas gargalhadas que a fiz dar quando pronunciei a bárbara sentença, "dois paus". Veja, eu estava delicadamente tentando obter uma pequena soma de dinheiro. Foi assim que a quantia acabou sendo mencionada. "Quanto?", ela disse. "Dois paus", respondi. Sua boca já estava principiando a rir quando ela perguntou de novo: "Quanto?". "Dois paus", respondi. Aqui ela descambou numa gargalhada. "Será que pode repetir?", ela disse quando conseguiu controlar-se. "Dois paus", respondi. E mais uma vez ela mergulhou numa incontrolável gargalhada luminosa. "Desculpe-me", ela disse; "mas o quê – o que é mesmo que está dizendo?" "Dois paus", respondi. "Há alguma coisa de errado nisso?" "Não que eu saiba", ela gaguejou entre soluços, "mas o que significa?" Eu lhe expliquei; mas agora já não me lembro se afinal consegui ou não os dois paus. Várias vezes já me perguntei sobre qual de nós dois era o mais provinciano.

Quando cheguei à estação dei de cara, para o meu desgosto, com um bando de pelo menos vinte vagabundos que estavam à espera de viajar nos vagões blindados do expresso ferroviário. Dois ou três vagabundos nos vagões de carga, vá lá. Passam despercebidos.

Mas um bando! Isso atraía problemas. Tripulação alguma permitiria que todos nós viajássemos.

Posso muito bem explicar como funciona um vagão blindado. Alguns vagões que levam correspondência são construídos sem portas nas extremidades; por isso se diz que esses são vagões blindados. Os vagões de correspondência, que possuem portas nas extremidades, têm-nas sempre trancadas. Imagine que um vagabundo, depois que o trem já começou a andar, consegue subir na minúscula plataforma de um desses vagões blindados. Não há porta ou a porta está trancada. Nenhum condutor ou cobrador pode alcançá-lo e obrigá-lo a recolher bilhetes ou então jogá-lo para fora. É óbvio que o vagabundo está a salvo até a próxima parada. Aí ele deve saltar, correr à frente na escuridão e, quando o trem passar ao seu lado, subir novamente no vagão. Mas há modos e modos de se fazer isso, é o que você verá.

Quando o trem deu a partida, aqueles vinte vagabundos arremessaram-se feito um enxame faminto sobre os três vagões blindados. Alguns já estavam a bordo antes do trem ter se deslocado à distância de um vagão. Eram uns tipos inexperientes e logo vi que iam se dar mal. É claro que a tripulação estava a par do que acontecia e na primeira parada começaram os problemas. Eu saltei e saí correndo na frente ao lado dos trilhos. Percebi que estava sendo seguido por alguns outros vagabundos. Esses, evidentemente, entendiam do assunto. Quando você está tentando se agüentar até o fim num expresso, deve ficar sempre bem à frente do trem nas paradas. Eu corri avante e, enquanto corria, um por um daqueles que me acompanhavam foi desistindo. Esse cair fora dava a medida da habilidade e garra de cada um em abordar o trem.

Pois é assim que a coisa funciona. Quando o trem dá a partida, o tira vem vindo no vagão blindado. Não há outra maneira de ele tomar o trem propriamente dito, senão saltando de onde está e subindo em qualquer outro lugar na plataforma de um vagão que não é blindado. Quando a composição está indo numa velocidade em que o tira ainda se arrisca a abordar, ele salta do blindado, deixa passar vários vagões e sobe no trem. Cabe então ao vagabundo correr bem à frente para que antes que o vagão blindado passe à sua frente o tira já o tenha abandonado.

Deixei o último vagabundo a uns vinte metros para trás e esperei. O trem largou. Vi a lanterna do tira no primeiro blindado; vinha preparado. Vi os pobres-diabos permanecerem de pé ao lado dos trilhos, perplexos e desolados, enquanto o primeiro vagão blindado passava por eles. Não fizeram sequer menção de subir. Tinham sido derrotados logo de início pela própria incompetência. Depois deles, como em seqüência, havia os vagabundos que sabiam alguma coisa do jogo. Deixaram passar o primeiro vagão ocupado pelo tira e subiram no segundo e no terceiro. É claro que o tira saltou do primeiro, subiu no segundo e fez uma limpeza despejando todos os caras que tinham subido. Mas o fato é que eu estava tão adiantado que, quando o primeiro carro passou ao meu lado, o tira já o tinha abandonado e se ocupava agora com os vagabundos do segundo vagão. Meia dúzia dos mais habilidosos, aqueles que tinham se adiantado o suficiente, subiu também no primeiro vagão.

Na parada seguinte, enquanto corríamos ao lado dos trilhos, contei apenas quinze de nós. Cinco tinham sido despejados. O processo de eliminação tinha começado nobremente e prosseguiu de estação em estação. Agora éramos catorze, depois doze, depois onze, depois nove, agora oito. Lembrei-me dos dez negrinhos da canção de ninar. Eu estava decidido a ser o último negrinho. Por que não? Não tinha sido abençoado com força, agilidade e juventude? (Eu tinha dezoito anos e estava em perfeitas condições.) E não tinha minha coragem e minha garra ao meu lado? E, além do mais, não estava já diplomado em truques de vagabundagem? Esses outros vagabundos não eram senão meros amadores e gatos pardos se comparados comigo. Se eu não fosse o último negrinho, podia muito bem encerrar as minhas andanças e arrumar emprego numa fazenda de alfafa em algum fim de mundo.

A esta altura já estávamos reduzidos a quatro e toda a tripulação do trem acompanhava o desenrolar de nossas ações com interesse. Dali em diante era uma guerra de habilidade e sabedoria, com os espectadores tomando o lado da tripulação. Um por um os outros três sobreviventes acabaram sumindo, até que fiquei sozinho. Ah, senti-me orgulhoso de mim mesmo! Nenhum Croesus já se sentiu mais orgulhoso de seu primeiro milhão. Eu me mantinha a bordo apesar de dois tiras, um condutor, um foguista e um maquinista.

Eis aqui alguns dos truques que utilizei para permanecer a bordo até o fim. Lá fora, à frente, na escuridão – tão à frente que o tira que vem no primeiro vagão tem forçosamente que abandoná-lo antes que chegue até mim –, eu subo. Muito bem; estou pronto para outra estação. Quando chegamos à estação, eu me lanço à frente para repetir a manobra novamente. O trem dá partida. Observo-o vindo. Não há luz de lanterna no primeiro vagão. Terão abandonado a luta? Não sei. Nunca se sabe e deve-se estar pronto para qualquer coisa a qualquer momento. Enquanto o primeiro blindado se aproxima eu corro para subir a bordo, apertando os olhos para ver se há algum tira na plataforma. Até onde sei, ele pode muito bem estar lá com sua lanterna apagada, e no momento mesmo em que ponho os pés nos degraus aquela lanterna pode cair a toda velocidade sobre a minha cabeça. Sei disso. Já fui golpeado por lanternas umas duas ou três vezes em minha vida.

Mas não, o primeiro vagão está vazio. O trem está ganhando velocidade. Estou seguro até a próxima estação. Mas estou mesmo? Sinto que o trem está perdendo velocidade. Instantaneamente fico atento a qualquer coisa. Uma manobra está sendo executada contra mim e não sei o que é. Tento observar ambos os lados do trem ao mesmo tempo, sem esquecer de manter um olho no vagão da frente. De qualquer uma dessas três direções pode sair um ataque.

Ah! Aí vem. Um tira saltou da locomotiva. Só o percebo quando seus pés acabam de tocar o degrau do lado direito da plataforma. Como um raio saio do vagão pelo lado esquerdo e corro à frente da locomotiva. Perco-me na escuridão. A situação é a mesma de sempre desde que o trem partiu de Ottawa. Estou à frente e o trem deve passar por mim, se quiser prosseguir em sua viagem. Tenho as mesmas probabilidades de sempre de subir a bordo.

Observo cuidadosamente. Vejo uma lanterna avançar até a locomotiva e não a vejo voltar. Portanto deve estar ainda na locomotiva, e é uma dedução óbvia que atrás da lanterna há um tira que a carrega. Esse tira é desleixado ou então teria apagado a lanterna em vez de tentar escondê-la à medida que avança. O trem parte. O primeiro vagão blindado está vazio e eu subo a bordo. Como antes, o trem diminui a velocidade, o tira da locomotiva cerca a plataforma por um lado enquanto salto, escapo e corro à frente.

Enquanto espero na escuridão sinto uma enorme onda de orgulho. O Pacífico Canadense parou duas vezes por minha causa – por mim, um pobre vagabundo na estrada. Eu sozinho parei duas vezes o expresso canadense com todos os seus passageiros, suas cabines, sua correspondência secreta e seus dois mil cavalos de força no motor. E eu peso apenas oitenta quilos e não tenho sequer uma moeda de cinco centavos no bolso!

Vejo a lanterna avançar novamente até a locomotiva. Mas desta vez vem descoberta – um pouco descoberta demais para o meu gosto e fico me perguntando o que isso pode significar. De qualquer modo, há alguma coisa mais a se temer além do tira na locomotiva. O trem larga. Bem a tempo, antes de saltar a bordo, vejo o vulto negro de um tira, sem lanterna, no primeiro vagão. Deixo que passe e me preparo para subir no segundo blindado. Mas o tira do primeiro vagão saltou e vem em meu encalço. E mais, vejo de relance a lanterna do primeiro tira da locomotiva. Ele saltou à terra e agora os dois tiras estão vindo em minha direção. No instante seguinte o segundo blindado passa ao meu lado e eu subo. Mas não espero. Já planejei meu contragolpe. Enquanto me lanço cruzando a plataforma, ouço o impacto dos pés do tira aterrissando nos degraus. Salto pelo outro lado e corro à frente junto com o trem. Meu plano é correr e alcançar o primeiro vagão. É coisa de um instante pois o trem está ganhando velocidade. Além disso, o tira vem correndo a toda atrás de mim. Acho que sou o mais veloz, pois alcanço e subo no primeiro vagão. Fico nos degraus observando meu perseguidor. Está a apenas uns três metros e correndo a toda, mas agora o trem igualou sua velocidade e ele está parado em relação a mim. Eu o encorajo e estendo-lhe a mão, mas ele explode com um poderoso palavrão, desiste e sobe no trem vários vagões mais abaixo.

O trem segue seu curso e eu estou tranqüilo, cantarolando, quando um jato de água inesperado me atinge. O foguista está apontando a mangueira para mim, lá da locomotiva. Salto da plataforma do blindado para a do vagão de depósito de carvão em frente e fico protegido pela cobertura. Sobre minha cabeça a água voa inofensivamente. Meu dedos começam a coçar de tanta vontade de subir no carro de carga e estraçalhar aquele foguista com um bom pedaço de carvão duro, mas sei que se fizer isso serei massacrado por ele e pelo maquinista e resolvo me conter.

Na parada seguinte estou fora e lá na frente, perdido na escuridão. Desta vez, quando o trem larga, ambos os tiras estão no primeiro blindado. Adivinho a brincadeira. Acabaram de bloquear a repetição da minha jogada anterior. Não posso subir no segundo vagão, cruzar a plataforma e correr à frente para o primeiro. Assim que o primeiro blindado passa e eu não subo a bordo, eles saltam um de cada lado do trem. Subo no segundo vagão e enquanto faço isso sei que no momento seguinte ambos os tiras vão chegar ao mesmo tempo de ambos os lados. As duas saídas estão fechadas. Mesmo assim resta outra saída e essa saída é para cima.

Não espero até que os meus perseguidores me alcancem. Subo no corrimão de ferro da plataforma e sobre a roda de breque de mão. Isso me levou um instante de graça e ouço os tiras subindo nos degraus de ambos os lados. Não paro para prestar atenção. Ergo os braços acima da cabeça até que minhas mãos agarrem as extremidades curvas dos tetos dos dois vagões. Uma mão agarra a extremidade do teto curvo de um vagão enquanto a outra se apóia no teto curvo do outro vagão. Mas desta vez ambos os tiras já subiram os degraus. Sei disso, embora esteja ocupado demais para observá-los. Tudo isso está acontecendo no espaço infinitesimal de alguns segundos. Balanço minhas pernas ao mesmo tempo que, com os braços, ergo-me para cima. Enquanto retiro as pernas, ambos os tiras saltam para me agarrar, mas só encontram o vazio do ar. Sei disso, pois estou olhando para baixo, observando. E escuto-os praguejarem.

Agora estou numa posição bastante precária, apoiado nas beiradas curvas dos tetos de dois vagões ao mesmo tempo. Num movimento rápido, tenso, transfiro as duas pernas para a curva de um teto e ambas as mãos para a curva do outro teto. Aí, agarrando as beiradas daquele teto curvo, arrasto-me curva acima até um nível plano no teto mais à frente, onde me sento para tomar fôlego, enquanto me agarro a um respiradouro que salta da superfície. Estou no alto do trem – no "convés", como dizem os vagabundos, e esse processo que acabei de descrever é por eles chamado "escalando o convés". Deixe-me acrescentar que só um vagabundo jovem e em plena forma é capaz de "escalar o convés" de um trem de passageiros e, também, que esse jovem e ágil rapaz deve trazer toda a sua garra consigo.

O trem vai aumentando a velocidade e sei que estou a salvo até a próxima parada – mas só até a próxima parada. Se permaneço no teto depois do trem parar, tenho certeza que aqueles tiras vão me fuzilar atirando paus e pedras. Um tira sadio pode simplesmente "pingar" umas pedras bem pesadas sobre o teto de um vagão – digamos de dois a dez quilos. Por outro lado, São grandes as probabilidades de que na próxima parada os tiras estejam esperando por mim no mesmo lugar onde subi. Cabe a mim descer em alguma outra plataforma.

Nutrindo a profunda esperança de que não haja túneis no próximo um quilômetro e meio, ponho-me de pé e sigo pelos tetos meia dúzia de vagões mais abaixo. Devo acrescentar que é preciso deixar a timidez de lado em tais passeios. Os tetos dos vagões de passageiros não são feitos para caminhadas noturnas. E se há alguém que pensa o contrário, recomendo apenas que experimente andar sobre o teto de um trem corcoveante, sem nada em que se apoiar exceto o negro e vazio ar, e quando se aproximar da extremidade curva de um teto, escorregadia e molhada pelo orvalho, que aumente a velocidade de modo a pisar já no outro teto, igualmente úmido e escorregadio. Acredite-me, vai descobrir se o coração anda fraco ou se o cérebro é sensível a vertigens.

Assim que o trem diminui sua velocidade na próxima parada, meia dúzia de plataformas abaixo de onde eu havia subido, desço. Não há ninguém na plataforma. Quando o trem pára de vez, escorrego para o chão. À frente, entre mim e a locomotiva, há duas lanternas se movendo. Os tiras estão procurando por mim no teto dos vagões. Percebo que o vagão ao lado do qual estou parado é um "quatro-rodas" – o que significa que tem somente quatro rodas por chassi. (Quando for para baixo, sobre os eixos, tenha o cuidado de evitar os de seis rodas; esses trazem desastres na certa.) Escorrego pra baixo do trem e avanço em direção aos eixos e asseguro-me de que estou muito contente do trem estar parado. É a primeira vez que me vejo debaixo de um Pacífico Canadense e as engrenagens internas são novidade para mim. Tento engatinhar para cima do chassi, entre o chassi e o fundo do vagão, mas o espaço não é grande o suficiente para que eu passe. Isso é novo pra mim. Lá nos Estados Unidos estou habituado a me meter debaixo de trens rápidos em movimento, agarrando uma beirada e jogando as pernas pra baixo até a prancha do breque, e daí engatinhando sobre o chassi até encontrar um assento sobre a cruz do eixo.

Tateando na escuridão, percebo que há espaço entre a prancha de breque e o chão. É bem apertado. Tenho que me esticar e rastejar como uma minhoca todo o caminho. Uma vez sobre o chassi, tomo meu lugar sobre os eixos e me pergunto o que é que os tiras estarão pensando de mim. O trem se põe novamente a caminho. Finalmente desistiram.

Mas será mesmo? Na parada seguinte vejo uma lanterna metida no chassi vizinho, na outra extremidade do vagão. Estão procurando por mim nos eixos. Tenho que dar o fora o mais rápido possível. Arrasto-me até a prancha do breque. Eles me vêem e correm atrás de mim, mas eu me arrasto com as mãos e os joelhos, cruzo os trilhos para o outro lado e fico de pé. Daí corro novamente para a frente do trem. Deixo a locomotiva para trás e me escondo na abençoada escuridão. É a mesma situação de sempre. Estou à frente do trem e o trem tem que passar por mim.

O trem parte. Há uma lanterna no primeiro vagão. Fico abaixado e vejo passar por mim o tira vigilante. Mas há uma lanterna também no segundo vagão. Esse tira me vê e chama o tira que passara no primeiro vagão blindado. Ambos saltam. Não tem importância, agarro o terceiro e escalo o convés. Mas céus! Há uma lanterna no terceiro vagão também. É o condutor. Deixo-o passar. De qualquer modo, tenho toda a tripulação do trem agora à minha frente. Dou a volta e saio correndo em direção ao fim do trem. Espio por sobre os ombros. As três lanternas estão em terra balançando e se confundindo na perseguição. Corro mais depressa. Metade do trem já passou e está passando com muita velocidade quando salto a bordo. Sei que o condutor e os dois tiras vão chegar como lobos famintos a qualquer instante. Ergo-me sobre a roda do breque de mão, ponho as mãos sobre as extremidades curvas dos tetos e puxo-me para cima até o convés, enquanto meus perseguidores amontoam-se decepcionados na plataforma feito cães que encurralaram o gato numa árvore, e soltam pragas contra mim e dizem coisas bem pouco educadas acerca dos meus ancestrais.

Mas o que importa? Eles são cinco contra um, contando o maquinista e o foguista, e, além do mais, a soberania da lei e o poder de uma grande corporação lhes dão respaldo e eu estou lhes passando a perna. Estou perto do fim do trem e corro à frente sobre os tetos dos vagões até ficar acima da quinta ou sexta plataforma a partir da locomotiva. Olho para baixo cuidadosamente. Há um tira na plataforma. Que ele me viu de relance eu percebo pelo modo como se esgueira rapidamente para dentro do vagão, e sei, também, que está esperando do outro lado da porta, pronto para cair em cima de mim quando eu descer. Mas faço de conta que não sei de nada e fico por ali encorajando-o no seu erro. Eu não o vejo, mas mesmo assim sei que ele abre a porta um instante e espia para cima, de modo a se assegurar de que ainda estou lá.

O trem diminui a velocidade para a próxima estação. Sentado na beirada, deixo minhas pernas balançando de forma tentadora. O trem pára. Minhas pernas ainda estão balançando. Ouço a porta abrir-se suavemente. Ele está pronto para o bote. Subitamente me levanto e corro à frente por cima do teto. Isso é bem em cima da sua cabeça, onde ele estava me espreitando por trás da porta. O trem está parado, a noite está tranquila e eu tomo a precaução de fazer muito barulho com meus pés no teto de metal. Não tenho certeza, mas creio que ele agora está correndo para me pegar quando estiver descendo na próxima plataforma. Mas não descerei lá. A meio caminho no teto do trem, volto, refaço suave e rapidamente o trajeto até a plataforma que eu e o tira acabamos de abandonar. A costa está limpa. Desço à terra pelo lado contrário à estação e me escondo no escuro. Ninguém me viu.

Avanço até uma cerca ao lado dos trilhos e observo. Ah! o que é isso? Vejo uma lanterna no teto, vindo da locomotiva em direção ao fim do trem. Acham que ainda não desci e estão buscando por mim nos tetos. E mais ainda: em terra, de ambos os lados do trem, acompanhando paralelamente a lanterna no alto, há outras duas lanternas. É uma caça ao coelho e o coelho sou eu. Se o tira no alto do trem por acaso consegue me derrubar, o que está embaixo me agarra. Enrolo um cigarro e observo a procissão. Uma vez que passem por mim, estou livre para seguir meu caminho até alguns vagões à frente. O trem parte e eu subo a bordo do primeiro vagão blindado, sem problemas. Mas antes de estar a toda velocidade e bem no momento em que estou acendendo meu cigarro, noto que o foguista subiu na montanha de carvão do carro-depósito à frente e está olhando para mim. Há motivos de sobra para me preocupar. Do lugar onde está ele pode arremessar pedaços de carvão e me esmagar até que eu vire uma pasta. Em vez disso, ele fala comigo e é com alívio que percebo o tom de admiração em sua voz.

– Seu filho de uma égua – é o que me diz.

É uma grande saudação e eu vibro como um garoto de escola que acaba de receber uma boa nota.

– Hei – eu respondo –, não aponte mais essa mangueira para cima de mim.

– Está bem – ele retruca, e volta para o seu trabalho.

Fiz amigos dentro do trem, mas os tiras continuam procurando por mim. Na parada seguinte os tiras tomam seus lugares como antes, cada um em um dos vagões blindados, e eu os deixo passar e escalo o convés lá pelo meio do trem. Mas a tripulação agora aceitou o desafio e o trem novamente pára. Os tiras vão tentar me despejar custe o que custar. Três vezes o poderoso expresso pára por minha causa e três vezes eu distraio os tiras e escalo o convés. Mas não adianta, eles finalmente se deram conta da situação. Eu lhes provei que não podem afastar o trem de mim. Devem fazer alguma outra coisa.

E é o que fazem. Quando o trem pára essa última vez eles saem todos atrás de mim, apressados. Ah! Já entendi o jogo. Estão tentando me manter afastado. A princípio eles me encurralam em direção ao rabo do trem. Sei o perigo que estou correndo. Uma vez lá no fim, eles dão a partida e eu fico para trás. Eu viro, dou uma corrida, torço o corpo, passo driblando meus irados perseguidores e tomo a dianteira.

Um tira insiste em vir em minha perseguição. Está bem, vai ter de correr como nunca, pois meu fôlego está como que novo em folha. Corro rente aos trilhos. Não há por que temer; se me perseguir por quinze quilômetros ainda assim vai ter que subir no trem de qualquer jeito e isso eu posso fazer a qualquer velocidade que ele fizer.

Então vou correndo tranqüilo, mantendo-me confortavelmente à sua frente e vasculhando com os olhos a escuridão pra não ser surpreendido por qualquer desvio ou obstáculo que possa me trazer desgostos. Mas, ah! Enquanto vasculho a escuridão lá na frente, meus pés tropeçam em alguma coisa, bem pequena, que não sei o que é e caio à terra numa longa queda, cheia de cambalhotas.

No momento seguinte estou de pé, mas o tira já me tem seguro pelo colarinho. Não luto. Estou preocupado em retomar o fôlego e enquanto isso avalio o seu tamanho.

Tem ombros pequenos e eu peso pelo menos quinze quilos a mais do que ele. Além disso, ele está tão cansado quanto eu e se tentar me fazer algum mal vou ensinar-lhe umas poucas coisinhas.

Mas ele não pensa em me maltratar e esse problema está resolvido. Em vez disso, ele se põe a me levar de volta para a rabeira do trem, e outro possível problema se ergue. Vejo as lanternas do condutor e do outro tira. Cada vez mais próximos. Não é por nada que já fui apresentado à polícia de Nova York. Não é à toa que, em carros blindados, em tanques de água, em celas de prisões, eu ouvi as histórias sangrentas do que o homem pode fazer com o homem. E se esses homens quisessem se divertir às minhas custas? Deus sabe que já lhes dei motivos de sobra. Penso rapidamente. Estamos cada vez mais próximos dos outros tiras. Meço o estômago e o queixo do meu captor e planejo os socos de direita e de esquerda que lhe darei ao primeiro sinal de encrenca.

Psshhh! Lembro-me de um outro truque que gostaria de experimentar com ele e quase me arrependo de não ter aplicado no momento em que fui capturado. Podia deixar você em migalhas, ó pobre mão no meu colarinho. Seus dedos, bem apertados, estão enterrados no meu pescoço. E meu casaco é bem justo. Você já viu um torniquete? Bem, este é um. Tudo que devo fazer é enfiar minha cabeça debaixo de seu braço e começar a me torcer. Devo torcer-me, contorcer-me bem rápido – a toda velocidade. Sei como fazê-lo, girando dura e violentamente, cada vez enterrando mais minha cabeça debaixo de seus braços. Antes que se dêem conta, esses dedos que agora me detêm estarão detidos. Será impossível retirá-los. É um golpe dos mais poderosos. Vinte segundos depois de começar a me contorcer, o sangue estará irrompendo da ponta de seus dedos, os delicados tendões estarão se rompendo e todos os músculos e nervos estarão se quebrando e esmigalhando e transformando-se numa pasta horripilante. Tente alguma vez quando alguém estiver lhe segurando pelo colarinho. Mas seja rápido – rápido como um raio. E lembre-se também de proteger-se enquanto estiver se contorcendo. Proteja seu rosto com o braço esquerdo e seu abdômen com o direito. Pois veja, o seu camarada pode tentar detê-lo, acertando-lhe um soco com o seu braço livre. Seria uma boa idéia, também, torcer-se para longe desse braço e não em sua direção. Um soco indo nunca é tão ruim quanto um soco vindo.

Aquele tira nunca vai saber o quão perto esteve de se dar mal, muito mal. O que lhe salva é que não está nos seus planos se divertir comigo. Quando nos aproximamos o suficiente ele avisou aos outros de que tinha me pego e esses deram sinal ao trem para que desse a partida. A locomotiva passou por nós e logo a seguir os três vagões blindados. Depois disso o condutor e o outro tira saltaram a bordo. Meu captor, porém, mantinha-se agarrado a mim. Compreendi o plano.

Ia me manter preso até que o trem passasse. Aí ele saltaria a bordo enquanto eu era deixado para trás – em suma, despejado.

Mas o trem arrancou rapidamente, o maquinista tentando recuperar o tempo perdido. E era um trem enorme. Estava indo bem depressa e sabia que o tira calculava a sua velocidade com apreensão.

– Acha que pode alcançá-lo? – perguntei inocentemente.

Ele largou meu colarinho, deu uma corrida rápida e saltou a bordo. Faltavam passar ainda alguns poucos vagões. Ele sabia disso e permaneceu nos degraus, a cabeça estirada para fora me vigiando. Nesse exato momento descobri qual seria meu próximo movimento. Subir na última plataforma. Sabia que o trem estava indo cada vez mais depressa, e tudo que me aconteceria, se falhasse, seria rolar por terra, e o otimismo da juventude estava do meu lado. Não me entreguei. Permaneci inerte, os ombros caídos, dando sinais claros de que já havia perdido a esperança. Porém ao mesmo tempo já estava sentindo com os pés o terreno a ser percorrido. Dava perfeitamente pra correr. E mantinha também um olho na cabeça estirada para fora. Vi-a desaparecer. Tinha certeza de que o trem já ia depressa demais para que eu tentasse abordá-lo.

E o trem *estava* mesmo indo depressa – mais depressa do que qualquer trem que já tinha agarrado. Quando o último vagão veio vindo, parti, correndo ao seu lado, na mesma direção. Foi uma corrida curta, ágil. Não podia sequer pensar em igualar a velocidade do trem, mas podia reduzir a diferença de nossas velocidades a um mínimo e deste modo reduzir o impacto.

No instante desvanecente da escuridão não conseguia enxergar o corrimão de ferro da última plataforma e nem havia tempo para localizá-lo. Estendi a mão para onde pensava que devia estar e ao mesmo tempo meus pés deixavam o chão. Estava tudo na ponta dos pés. No instante seguinte eu podia estar rolando pelos trilhos tendo a cabeça, os braços e as costelas quebrados. Meus dedos, porém, agarraram o corrimão, um movimento brusco e agudo dos braços girou meu corpo e meus pés aterrissaram nos degraus com violência.

Sentei-me sentindo-me profundamente orgulhoso de mim mesmo. Em todos os meus dias de vagabundagem essa tinha sido a melhor abordagem de trem que já fizera. Sabia que, tarde da noite, não havia grandes problemas em passar várias estações na última plataforma, mas não costumo ficar tranqüilo quando estou tão próximo ao fim do trem. Na primeira parada, corri à frente pelo lado contrário ao da estação, passei os Pullmans e enfiei-me debaixo do trem e agarrei um dos eixos sob um vagão de passageiros. Na parada seguinte corri novamente à frente e agarrei outro eixo. Agora estava relativamente seguro. Os tiras acreditavam que eu tinha ficado para trás. Mas o dia exaustivo e a noite de riscos estavam começando a pesar sobre mim. Além disso não ventava muito nem fazia muito calor lá embaixo e eu estava começando a cair no sono. Nunca me sairia bem assim. Tirar uma soneca sobre os eixos das rodas cheira à morte, por isso saltei na estação seguinte e avancei até o segundo vagão blindado. Ali eu podia deitar-me e dormir, e ali eu realmente dormi – durante quanto tempo não sei, pois fui acordado por uma lanterna no meu rosto. Dois tiras estavam olhando pra mim. Aprumei-me rapidamente na defensiva, imaginando qual dos dois ia se atirar primeiro contra mim. Mas nem uma sombra de movimento sequer os atravessava.

– Achei que você tinha ficado pra trás – disse o tira que tinha me segurado pelo colarinho.

– Se você não tivesse me soltado naquele instante, a esta hora estaria lá atrás junto comigo – respondi.

– Como assim? – ele perguntou.

– Eu teria me agarrado a você, só isso – foi a minha resposta.

Conversaram entre eles e o veredito que deram resumiu-se em algo mais ou menos assim:

– Bem, acho que você pode ficar. Não há jeito de deixá-lo para trás.

Aí foram embora e me deixaram em paz até a fronteira.

O que acabo de narrar são exemplos do que significa agüentar-se até o fim. Claro que selecionei uma noite de sorte entre as minhas experiências e não disse nada acerca das noites – e foram muitas, acredite – em que fui traído por qualquer circunstância idiota e deixado pra trás.

Para concluir gostaria agora de narrar o que me aconteceu quando chegamos à fronteira. Em vias simples, numa linha transcontinental, os trens de carga esperam nas fronteiras num trilho paralelo e seguem depois dos trens de passageiros. Quando chegamos à fronteira, saltei do meu lugar e fui procurar o trem de carga que deveria vir atrás. Encontrei-o preparado e esperando num trilho ao lado. Escolhi um vagão cheio de carvão até a metade e deitei-me. Num piscar de olhos estava dormindo.

Fui acordado pelo ruído da porta de correr. O dia começava a clarear, frio e cinza, e o trem de carga ainda não tinha partido. Um condutor metia a cabeça vagão adentro.

– Já fora daí, seu vagabundo! – rosnou pra mim.

Saí, e do lado de fora vi-o continuar trilho abaixo, inspecionando cada vagão no caminho. Quando tinha sumido de vista, pensei comigo que ele jamais pensaria que eu teria a coragem de subir de novo no mesmo vagão do qual me enxotara. Aí lá fui eu de volta deitar-me novamente no mesmo lugar.

Mas o modo de pensar daquele condutor devia estar funcionando paralelamente ao meu, pois ele raciocinou que era isso mesmo que eu ia fazer. E lá veio ele de volta e me enxotou.

Certamente, pensei, ele agora não vai nem sonhar que eu possa fazer isso uma terceira vez. E lá fui eu de volta para o mesmo vagão. Mas decidi me precaver. Só uma das portas laterais podia ser aberta, a outra estava trancada. Começando do alto da montanha de carvão, cavei um buraco do lado dessa porta e me deitei. Ouvi a outra porta abrindo-se. O condutor subiu e espiou a montanha de carvão. Não conseguia me ver. Gritou para que eu saísse. Tentei enganar-lhe ficando quieto. Mas, quando ele começou a atirar blocos de carvão para dentro do buraco, desisti pela terceira vez, fui sumariamente enxotado. E fui também alertado, em termos bem calorosos, do que me aconteceria se fosse pego por lá novamente.

Mudei de tática. Quando alguém está acompanhando muito de perto os seus movimentos, passe-lhe a perna. Interrompa bruscamente a sua linha de raciocínio e inaugure uma nova. Foi o que fiz. Escondi-me entre dois vagões num trilho próximo e esperei. Tão certo como nunca, o condutor voltou novamente ao vagão. Abriu a porta, subiu, gritou, jogou carvão dentro do buraco que eu cavara. Até engatinhou sobre a montanha de carvão e espiou dentro do buraco. Isso o satisfez. Cinco minutos mais tarde o trem de carga deu a partida e o condutor não estava à vista. Corri ao lado do vagão, abri a porta e subi. Ele não procurou por mim novamente e eu viajei exatamente mil e seiscentos e trinta e cinco quilômetros naquele vagão de carga, dormindo a maior parte do tempo e saltando fora nas estações de fronteira (onde os trens de carga sempre param por uma hora ou mais) para mendigar comida. E no fim daqueles mil e seiscentos e trinta e cinco quilômetros acabei perdendo o trem por um feliz acidente. Consegui um "assento", e não há vagabundo que sobreviva se não trocar de vez em quando um vagão de carga por uma boa estirada de pernas debaixo de uma mesa.

NA GAIOLA
Uma experiência na prisão

Cheguei às Cataratas do Niágara num Pullman de portas laterais ou, em linguagem comum, num vagão de carga. Aliás, um vagão raso desses é conhecido pelo seleto grupo de experientes vagabundos como "gôndola", a pronúncia da segunda sílaba enfatizada e alongada. Mas, voltando ao começo, cheguei à tarde e saltei imediatamente do vagão de carga em direção às cataratas. Uma vez meus olhos mergulhados na maravilhosa visão da água precipitando-se abismo abaixo, eu estava perdido. Não consegui afastar-me de lá, nem o tempo suficiente para ir bater de porta em porta em busca do meu jantar. Nem mesmo um convite para entrar e sentar à mesa teria quebrado o meu encantamento. A noite desceu, uma linda noite de luar, e eu errei pelas cataratas até mais de onze horas. Depois disso cabia só a mim cavar um lugar onde cair.

Cair, esticar, estrebuchar, dobrar a orelha, todos significam a mesma coisa, isto é, dormir. De algum modo eu tinha um palpite de que as Cataratas do Niágara eram um mau lugar para vagabundos, e abri caminho em direção aos campos. Saltei uma cerca e aterrissei numa colina. A lei nunca me acharia lá, foi o que eu disse para mim mesmo. Deitei de costas na relva e dormi como uma criança. O ar estava tão deliciosamente quente que não acordei sequer uma vez a noite toda. Mas, com o primeiro pálido e acinzentado raio de luz, meus olhos se abriram e eu me lembrei das maravilhosas cataratas. Saltei a cerca novamente e voltei à estrada para lançar uma outra olhada sobre elas. Era bem cedinho – ainda não passava das cinco – e não valia a pena sair para caçar o café da manhã antes das oito. Podia passar pelo menos três horas ao lado do rio. Mas ai!, eu estava destinado a não ver nunca mais o rio; nem as suas cataratas.

A cidade dormia quando eu entrei. À medida que me embrenhava na rua silenciosa, avistei três homens na calçada, vindo em minha direção. Estavam andando lado a lado. Vagabundos, concluí, que, como eu, acordaram cedo. Eu não estava inteiramente certo nesta suposição. Estava apenas dois terços certo. Os homens que vinham dos lados eram de fato vagabundos, mas o que vinha no meio não era. Dirigi meus passos para a beira da calçada de modo a deixar a passagem livre para o trio. Mas eles não passaram. A uma palavra do homem do meio, os três estancaram, e o que estava no meio se dirigiu a mim.

Farejei a lei no mesmo instante. Era um tira e aqueles dois eram seus prisioneiros. João da Lei estava de pé cedo atrás dos vermes madrugadores. Eu era um verme. Já tivesse eu passado pelas experiências pelas quais iria passar nos próximos meses e lhe teria voltado as costas e corrido como o diabo. Ele poderia atirar em mim, mas teria de ter me acertado para me deter. Ele nunca teria corrido atrás de mim, pois dois andarilhos na mão valem mais do que um em disparada. Mas como um idiota eu fiquei parado quando ele me deteve. Nossa troca de palavras foi breve.

67

– Em que hotel você está? – ele inquiriu.

Eu caíra em suas mãos. Eu não estava em hotel algum e como eu não sabia o nome de nenhum hotel do lugar, eu não podia reivindicar residência em nenhum deles. Além disso, eu já estava na rua cedo demais aquela manhã. Tudo depunha contra mim.

– Acabo de chegar – eu respondi.

– Muito bem, então dê meia volta e vá andando à minha frente, mas não muito à frente. Há alguém que quer falar com você.

Eu estava enjaulado. Eu sabia quem é que queria me ver. Com o tira e os dois vagabundos nos meus calcanhares e sob as ordens do primeiro, eu liderei a caminhada em direção à cadeia da cidade. Lá fomos revistados e nossos nomes registrados. Hoje eu já esqueci sob qual nome eu fui registrado. Eu dei o nome de Jack Drake, mas quando me revistaram encontraram cartas endereçadas a Jack London. Isso trouxe problemas e exigiu explicações, as quais já sumiram de minha memória, e até hoje não sei se fui preso sob o nome de Jack Drake ou Jack London. Mas um ou outro deve estar lá, no registro da prisão de Niágara. Talvez alguma referência possa trazer o assunto à luz. A época foi mais ou menos a última semana de junho de 1894. Foi logo uns poucos dias depois da minha prisão que começou a grande greve das estradas de ferro.

Da sala do delegado fomos levados à "Gaiola" e aí trancados. A "Gaiola" é aquela parte da prisão onde os infratores menores são trancafiados todos juntos numa grande jaula de ferro. Já que os vagabundos constituem o maior número dos infratores menores, a mencionada jaula de ferro era apelidada: "Gaiola". Lá encontramos vários que já haviam sido capturados essa manhã e de poucos em poucos minutos a porta era aberta e mais dois ou três sujeitos eram jogados pra dentro, junto de nós. Ao fim, quando contávamos ao todo dezesseis, fomos levados escada acima, para a sala da corte. E agora eu irei descrever com toda a fidelidade o que aconteceu naquela corte, pois saibam que a minha patriótica cidadania americana aí recebeu um choque do qual ela nunca se recuperou totalmente.

Na corte estavam os dezesseis presos, o juiz e dois bedéis. O juiz parecia agir como se fosse ele mesmo o relator da corte. Não havia testemunhas. Não havia cidadãos de Niágara Falls presentes para saberem como a justiça era administrada em sua comunidade. O juiz resvalou os olhos pela lista de casos à sua frente e gritou um nome. Um homem ergueu-se. O juiz olhou para o bedel. "Vadiagem, Meritíssimo", disse o bedel. "Trinta dias", disse o Meritíssimo. O homem sentou-se e o juiz já chamava outro nome e um outro homem já se levantava.

O julgamento daquele homem durara apenas quinze segundos. O julgamento do próximo se desenrolou a igual velocidade. O bedel disse "Vadiagem, Meritíssimo", e o Meritíssimo disse "Trinta dias". E assim continuava tal qual um mecanismo de relógio, quinze segundos pra cada um – e depois trinta dias.

São reses de uma manada, eu pensei comigo mesmo. Mas esperem só até chegar a minha vez; seu Meritíssimo vai ouvir um discurso e tanto. A meio caminho dos trabalhos, o Meritíssimo, movido por algum capricho, deu a um de nós uma oportunidade pra falar. Como quis a sorte, esse homem não era um autêntico vagabundo. Não trazia consigo nenhuma das marcas do vagabundo profissional. Tivesse ele se aproximado do resto de nós, por exemplo, quando estivéssemos atrás de um reservatório de água esperando por um comboio de carga, nós o teríamos classificado, sem hesitação alguma, de um *gato-pardo*. Gato-pardo é o sinônimo de calouro na Terra da Vagabundagem. Este *gato-pardo* estava bem avançado nos anos – tinha uns quarenta e cinco, eu diria. Seus ombros eram ligeiramente curvos e seu rosto parecia costurado e acostumado às intempéries do tempo.

Segundo o que contou, por muitos anos ele tinha guiado carroças para uma firma (se estou me lembrando corretamente) em Lockpost, Nova York. Os negócios da firma tinham começado a decair e, por fim, nos tempos difíceis de 1893, tinha aberto falência. Ele fora mantido até o fim, embora já nos últimos tempos seu trabalho fosse bastante irregular. Ele prosseguiu e explicou detalhadamente as suas dificuldades em conseguir outro emprego (especialmente quando havia tantos desempregados) durante os meses seguintes. No fim, acreditando que encontraria melhores oportunidades de trabalho nos Lagos, partiu em direção a Buffalo. É claro que estava sem nem um tostão e lá estava ele agora. Isso era tudo.

– Trinta dias – disse o Meritíssimo e gritou o nome do próximo vagabundo.

Esse se ergueu. "Vadiagem, Meritíssimo", disse o bedel, e o Meritíssimo disse "Trinta dias".

E assim continuou, quinze segundos e trinta dias para cada vagabundo. A engrenagem da Justiça corria suavemente. Com toda a probabilidade, quase com toda a certeza, o Meritíssimo ainda não tinha tomado o seu café da manhã e estava com pressa.

Mas o meu sangue americano fervia. Atrás de mim estavam as muitas gerações dos meus ancestrais americanos. Uma das espécies de liberdade pela qual meus ancestrais tinham lutado e morrido era a do direito de ser julgado por um tribunal. Esta era a minha herança, sacralizada pelo sangue daquelas gerações, e cabia a mim estar à altura desse passado. Tudo bem, eu ameacei para comigo mesmo; esperem só até chegar a minha vez.

Chegou a minha vez. Meu nome, qual fosse ele, foi chamado e eu me levantei. O bedel anunciou, "Vadiagem, Meritíssimo" – e eu comecei a falar. Mas o juiz começou a falar ao mesmo tempo e disse "trinta dias". Eu comecei a protestar, mas nesse momento Sua Excelência já estava gritando o nome do próximo homem da lista. Sua Excelência interrompeu-se o tempo suficiente para me dizer "Cale a boca!". O bedel obrigou-me a sentar. E no instante seguinte o outro vagabundo já recebera trinta dias e mais outro estava bem a ponto de receber os seus.

Quando já tinham sido todos condenados, trinta dias cada um, Sua Excelência, no momento de esvaziarmos a sala, voltou-se subitamente para o carroceiro de Lockport, o único homem que ele permitira falar:

– Por que abandonou o seu emprego? – sua Excelência perguntou.

Bem, o carroceiro já tinha explicado como o seu emprego o tinha abandonado e a pergunta o pegou de surpresa.

– Meritíssimo – ele começou confusamente, – essa não é uma pergunta estranha para se fazer?

– Mais trinta dias por abandono de emprego – disse Sua Excelência, e foi encerrada a sessão. Esse foi o veredito. O carroceiro pegou sessenta dias só pra ele, enquanto o resto de nós pegou trinta.

Fomos levados para baixo, trancaram-nos e em seguida recebemos um café da manhã. Foi um café da manhã bastante bom para ser servido numa prisão e foi o melhor que eu iria receber durante os trinta próximos dias.

Quanto a mim, permanecia perplexo. Lá estava, condenado por uma sentença, após a farsa de um julgamento no qual me tinha sido negado o direito de ser julgado por um júri e também o meu direito de me declarar culpado ou inocente. Uma outra coisa pela qual meu pai havia lutado toda a vida cruzou o meu cérebro como um raio – *habeas-corpus*. Ah, eu mostraria isso a eles. Mas, quando pedi um advogado, eles simplesmente riram na minha cara. Quanto ao *habeas-corpus* tudo bem, mas de que é que ele me adiantaria se eu não podia me comunicar com ninguém do lado de fora da prisão? Mas eu mostraria a eles, ah sim. Não poderiam me manter na cadeia pra sempre. Esperem só até eu cair fora, esperem só. Eu os faria pagar por isso. Eu conhecia alguma coisa sobre a lei e os meus próprios direitos e exporia à vista de todos aquele pouco caso na administração da justiça. Visões de altas somas de indenização e manchetes explosivas nos cabeçalhos dos jornais dançavam nos meus olhos quando os carcereiros entraram e nos puseram pra fora aos empurrões em direção a uma sala maior.

Um policial passou uma algema no meu pulso direito. (Ah, ah, pensei eu, outra arbitrariedade. Esperem só até eu sair dessa.) No pulso esquerdo de um negro ele prendeu a outra algema do par. Era um negro muito alto, bem acima de um metro e oitenta – tão alto que quando ficamos lado a lado a sua mão suspendeu um pouco a minha nas algemas. Além disso, ele era o mais feliz e mais esfarrapado negro que eu já vira em toda a minha vida.

Fomos todos algemados do mesmo modo, aos pares. Isso feito, uma corrente brilhante de aço niquelado foi trazida e passada pelo elo de todas as algemas e trancada à frente e atrás da nossa fila dupla. Éramos agora um bando de acorrentados. A ordem pra marchar foi dada e lá pra rua fomos nós, vigiados de perto por dois policiais. O negro altíssimo e eu no lugar de honra. Liderávamos a procissão.

Depois da penumbra fúnebre da prisão, a luz do sol pareceu-me deslumbrante. Eu nunca a sentira tão doce e preciosa quanto agora quando, preso naquelas correntes barulhentas, eu sabia que logo mais essa seria a última vez que eu a veria em trinta dias. Pelas ruas da cidade de Niágara até a estação de trem marchamos atraindo a atenção dos curiosos que passavam e, principalmente, de um grupo de turistas na varanda de um hotel pelo qual passamos.

Havia muitos lugares frouxos na corrente e com muita algazarra e muitos ruídos de aço tinindo nos sentamos dois a dois nos assentos de um vagão para fumantes. Apesar de ardendo de indignação como eu estava com o ultraje que havia sido perpetrado contra mim e contra meus ancestrais, eu fui prático demais pra perder a minha cabeça com isso. O que estava acontecendo era inteiramente novo pra mim. Trinta dias de desconhecido estavam à minha frente e resolvi olhar à minha volta pra descobrir alguém que já conhecesse todos os ardis. Pois eu já tinha ouvido dizerem que eu não estava destinado a uma prisãozinha qualquer com cento e poucos prisioneiros, mas a uma enorme penitenciária com uns dois mil presos ou mais, cumprindo penas que iam de dez dias a dez anos.

No assento às minhas costas, preso na corrente pelo pulso, estava um homem pesado, atarracado e poderosamente musculoso. Tinha entre trinta e cinco e quarenta anos de idade. Detectei-o na hora. Nos cantos dos seus olhos eu vi humor, alegria e ternura. Quanto ao resto, era um animal bruto, completamente amoral e com toda a paixão e violência túrgida de uma besta feroz. O que o salvava, o que o tornava possível para mim eram aqueles cantos dos seus olhos – o humor, o riso e a gentileza da besta ainda não enfurecida.

Era ele o meu prato. Simpatizei com ele. Enquanto meu companheiro de algemas, o negro, tagarelava e ria, e gemia pela roupa que ele tinha certeza lhe seria tomada na prisão, e enquanto o trem corria em direção a Buffalo, eu conversei com o homem no assento atrás de mim. Ele tinha um cachimbo vazio. Eu o enchi para ele com o meu precioso rolo – o suficiente, numa única enchida, para enrolar pelo menos uma dezena de cigarros. Mas quanto mais conversávamos mais eu me certificava de que ele era o meu filão de ouro – e dividi com ele todo o meu tabaco.

O que acontece é que eu sou uma espécie de organismo fluido, com suficiente amor à vida pra me encaixar em quase qualquer lugar. Entreguei-me então ao propósito de me adequar àquele homem, embora nem de longe eu suspeitasse em que extraordinária medida eu estava sendo bem-sucedido. Ele nunca tinha estado naquela penitenciária para a qual estávamos indo, mas já tinha cumprido "um", "dois" e "cinco estágios" em várias outras penitenciárias (um "estágio" é um ano) e aprendera bastante. Tornamo-nos bem íntimos e meu coração acelerou quando ele me preveniu que fizesse tudo o que ele mandasse. Ele me chamava de irmão e eu o chamava de irmão.

O trem parou numa estação a umas cinco milhas de Buffalo e nós, algemados e acorrentados, descemos. Não me lembro do nome da estação, mas tenho certeza que é uma das seguintes: Rocklyn, Rockwood, Black Rock, Rockcastle ou Newcastle. Mas qualquer que seja o nome do lugar, obrigaram-nos a marchar um pouco e em seguida puseram-nos num bonde. Era um bonde antigo, com um banco de cada lado que atravessava toda a sua extensão de uma ponta a outra. Os passageiros que estavam sentados de um lado foram convidados a passar para o outro lado, enquanto nós, com todo aquele estardalhaço de correntes, ocupávamos os seus lugares. Lembro-me de que nos sentamos frente a frente e me lembro também da expressão de terror nos rostos das mulheres, que sem dúvida nos viam como um bando de assassinos e assaltantes de bancos recém-capturados. Tentei aparentar o aspecto mais feroz possível, mas o meu companheiro de algemas, o negro felicíssimo, continuava a girar os seus olhos, rindo e repetindo: "Oh céus! Oh céus!".

Descemos do bonde, andamos mais um pouco e fomos conduzidos à secretaria da Penitenciária de Erie County. Lá devíamos nos registrar, e um ou outro dos meus nomes ainda pode ser encontrado por lá. Fomos informados também de que devíamos entregar na secretaria todos os nossos pertences, valores, dinheiro, tabaco, fósforos, facas de bolso, canivetes e tudo o mais.

Meu novo amigo sacudiu a cabeça pra mim.

– Se não deixarem suas coisas aqui, elas serão confiscadas quando estiverem lá dentro – avisou o oficial encarregado.

Ainda desta vez, meu amigo sacudiu a cabeça. Estava com as mãos ocupadas, escondendo seus movimentos atrás dos outros presos. (Nossas algemas tinham sido removidas.) Vi o que ele fazia e imitei-o imediatamente, embrulhando numa trouxinha feita com o meu lenço todas as coisas que eu queria levar pra dentro. Essas trouxas nós escondemos dentro da camisa. Percebi que nossos companheiros, à exceção de um ou dois que tinham relógios, não entregaram seus pertences ao oficial na secretaria. Estavam decididos a entrar com eles de algum modo, confiando na sorte; mas eles não eram tão espertos quanto o meu amigo, pois não amarraram as suas coisas numa trouxinha.

Os guardas que nos haviam escoltado recolheram as algemas e as correntes e partiram de volta para Niágara enquanto nós, sob o olhar de novos guardas, éramos levados pra dentro da prisão. Enquanto estávamos na secretaria, nosso número tinha aumentado com outros bandos recém-chegados de prisioneiros, de modo que éramos agora uma procissão de seguramente quarenta ou cinqüenta pessoas.

Saibam, vocês não-aprisionados, que o trânsito dentro de uma grande prisão é tão restrito quanto o comércio na Idade Média. Uma vez dentro de uma penitenciária, não se pode sair dando passeios à vontade.

De poucos em poucos passos encontram-se enormes portas e portões de aço que são sempre mantidos trancados. Estávamos indo pra barbearia, mas nos atrasávamos a cada porta que devia ser aberta. Assim, permanecemos longo tempo no primeiro saguão no qual entramos. Um "saguão" não é um corredor. Imagine uma estrutura oblonga, feita de tijolos e erguendo-se em seis andares, cada andar com um rol de celas, digamos cinqüenta celas num rol, em suma, imagine uma estrutura oblonga feito um colossal favo de mel. Deposite isso no chão e instale-o numa construção com um teto altíssimo e paredes por toda a volta. Tal prédio oblongo inteiramente cercado constitui um saguão na Penitenciária de Erie County. Além disso, para completar a descrição, imagine uma galeria estreita, com grades de aço, correndo por toda a extensão de cada rol de celas e nas extremidades da estrutura oblonga veja todas essas galerias, de ambos os lados, encontrando-se numa estreita escada de emergência de degraus de aço.

Ficamos detidos no primeiro saguão, esperando que algum guarda destrancasse os portões. Aqui e ali, movendo-se à nossa volta, estavam condenados com a cabeça raspada e os rostos barbeados e vestidos com as listras dos presidiários. Percebi um desses homens na galeria do terceiro rol de celas, acima de nós. Estava de pé, os braços esticados através das grades, o corpo inteiro inclinado pra frente, aparentemente esquecido da nossa presença. Parecia estar olhando o vazio. Meu companheiro deu um leve e agudo assobio. O condenado olhou pra baixo. Sinais conhecidos passaram-se entre eles. Aí, pelo ar, voou o lenço embrulhado do meu companheiro. O condenado agarrou-o e num raio já estava fora do alcance dos olhos, dentro de sua camisa, e ele novamente mirando o vazio. Meu companheiro tinha me dito para seguir os seus gestos. Esperei uma oportunidade, quando o guarda virou de costas, e lá se foi pelos ares o meu lenço amarrado seguindo o outro pra dentro da camisa do prisioneiro lá em cima.

Um minuto depois a porta foi aberta e nós entramos na barbearia. Ali havia mais homens com roupas de presidiários. Eram os barbeiros da prisão. E havia também chuveiros, água quente, sabão e esponjas. Deram-nos ordem de nos despir e tomar banho, cada homem esfregava as costas do vizinho – uma precaução desnecessária, esse banho compulsório, pois a prisão pululava de vermes e insetos. Depois do banho, cada um de nós recebeu uma sacola de linho.

"Ponham todas as suas coisas nas sacolas", disse o guarda. "Não adianta tentar esconder nada. Vocês têm que formar nus em fila para a inspeção. Homens por trinta dias ou menos podem ficar com os sapatos e suspensórios. Homens com mais de trinta dias não ficam com nada."

Esse aviso foi recebido com consternação. Como podiam homens nus esconder alguma coisa da inspeção? Somente meu companheiro e eu tínhamos escapado. Mas era bem agora que aqueles barbeiros presidiários entravam com seu trabalho. Eles passavam pelos pobres novatos, oferecendo-se gentilmente para tomarem conta dos seus preciosos e pequeninos pertences e prometendo-lhes devolver mais tarde, naquele mesmo dia. Ouvindo-os falar, aqueles barbeiros pareciam filantropos. Como no caso de Fra Lippo Lippi houve reconhecimento instantâneo. Fósforos, fumo, papel-arroz, cachimbos, facas, dinheiro, tudo fluiu para dentro das amplas camisas do barbeiro. Eles francamente incharam com o saque, e os guardas faziam de conta que nada viam. Para resumir o fato, nada jamais foi devolvido. Os barbeiros nunca tiveram intenção alguma de devolver os pertences que tinham recebido. Consideravam legitimamente seus. Era o privilégio da barbearia. Havia vários privilégios naquela prisão, isso eu logo aprenderia, e eu também estava destinado a ter os meus – graças ao meu novo companheiro.

Havia várias cadeiras e os barbeiros trabalhavam com rapidez. As mais velozes barbas e cortes de cabelo que eu já vi na vida foram feitos naquela barbearia. Os homens espalhavam eles mesmos o sabão de barba pela cara e os barbeiros os barbeavam na média de um homem por minuto. Um corte de cabelo demorava um pouco mais. Em três minutos a penugem rala dos meus dezoito anos foi raspada do meu rosto e minha cabeça tornou-se tão luzidia quanto uma bola de bilhar de onde apenas brotavam alguns poucos pêlos eriçados. Bigodes, barbas, tal qual nossas roupas e o resto, vieram abaixo. Pode crer no que digo, parecíamos mesmo uma turma de ferozes vilões quando eles acabaram. Eu não tinha me dado conta realmente de quão maus parecíamos todos nós juntos.

Aí veio a hora de perfilar, quarenta ou cinqüenta de nós, desnudos como heróis de Kipling que tomaram de assalto Lungtungpen. Inspecionar-nos foi fácil. Havia apenas nossos sapatos e nós mesmos. Dois ou três espíritos mais audaciosos que duvidaram da palavra dos barbeiros tinham os pertences consigo – pertences estes – fumo, cachimbos, fósforos e algumas moedas – que foram imediatamente confiscados. Isto acabado, trouxeram nossas novas roupas – enormes camisas de presidiários e calças e casacos, todos devidamente listrados. Eu sempre tivera a impressão de que as listras de presidiário só eram colocadas num homem depois deste ter sido condenado por traição. Eu não hesitei mais, vesti a insígnia da vergonha e provei pela primeira vez o sabor de marchar a passo-trancado.

Em fila simples, bem juntos, as mãos de cada um sobre os ombros do homem da frente, marchamos para um outro grande saguão. Lá fomos perfilados contra a parede numa longa linha e obrigados a arregaçar as mangas do braço esquerdo. Um jovem estudante de Medicina, que estava praticando num rebanho como o nosso, veio até nós. Ele vacinava mais ou menos quatro vezes mais depressa do que os barbeiros fizeram as nossas barbas. Com o alerta final para evitarmos esfregar os braços contra qualquer coisa, fomos conduzidos à nossa cela.

Na minha cela havia um outro homem que iria ser o meu companheiro de prisão. Ele era jovem e musculoso, camarada, pouco conversador, mas muito capaz, de fato era um cara esplêndido, desses que se leva um dia inteiro a cavalo pra se encontrar, e isto apesar do fato de ele ter recentemente acabado de cumprir um período de dois anos em alguma penitenciária do estado de Ohio.

Estávamos em nossa cela há pouco menos de meia hora quando um prisioneiro apareceu na galeria e espiou pra dentro. Era o meu amigo. Ele podia andar livremente pelo saguão, explicou. Sua cela seria aberta às seis da manhã e não a trancariam de novo senão às nove da noite. Ele era íntimo do "chefão" daquele saguão, e fora instantaneamente escolhido para o cargo de *preso-de-confiança,* do tipo conhecido em linguagem técnica como chefe-de-saguão. O homem que o escolhera também era um prisioneiro e um preso de confiança e era conhecido como o "primeiro chefe-de-saguão". Havia treze chefes-de-saguão no nosso saguão. Dez deles eram encarregados das galerias de cela e acima deles ficavam o primeiro, o segundo e o terceiro chefe-de-saguão.

Nós, recém-chegados, iríamos permanecer em nossas celas pelo resto do dia – meu amigo informou-me – para que a vacina tivesse tempo de agir. Na manhã seguinte iríamos para os trabalhos forçados, nos fundos da prisão.

– Mas eu vou lhe tirar dessa assim que puder – ele prometeu. – Vou dar um jeito de jogar um chefe-de-saguão pra fora e pôr você no lugar dele.

Pôs a mão dentro da camisa, tirou o lenço contendo meus preciosos pertences, entregou-me através das grades e continuou seu passeio pela galeria.

Abri a trouxinha. Estava tudo lá. Nem mesmo um fósforo faltava. Compartilhei os ingredientes de um cigarro com meu companheiro de cela. Quando ia começar a riscar o fósforo para acendê-lo, ele me deteve. Um acolchoado sujo e ralo cobria cada uma das nossas camas. Ele rasgou uma estreita tira de linho fino, enrolou-a e, puxando uma das pontas, transformou-a num cilindro delgado e comprido como um telescópio. Isso ele acendeu com um precioso fósforo. O cilindro de algodão fortemente enrolado não se incendiou. Em sua extremidade apenas uma brasa ardia lentamente. Aquela brasa duraria horas a fio e o meu companheiro de cela chamava-a "punk". Quando se aproximava do fim, tudo que era preciso era fazer um outro *punk,* encontrar a sua extremidade na do outro, soprar e assim transferir a brasa de um pro outro. Uau, nós podíamos ter dado a Prometeu algumas dicas quanto à arte da conservar do fogo.

Ao meio-dia o almoço foi servido. Embaixo da porta da nossa cela havia uma pequena abertura como essas que são feitas pra galinhas num galinheiro. Através dela foram enfiados dois nacos de pão seco e dois canecões de "sopa". Uma porção de sopa consistia em mais ou menos um quarto de litro de água quente com uma solitária gota de gordura flutuando em sua superfície. Ah, havia também algum sal na água.

Bebemos a sopa, mas não comemos o pão. Não que não estivéssemos com fome, não que o pão fosse incomível. Era um pão bem razoável. Mas tínhamos nossos motivos. Meu companheiro já tinha descoberto que nossa cela parecia estar viva de tantas pulgas e percevejos que tinha. Em todas as fendas e interstícios entre os tijolos onde o reboco caíra enormes colônias floresciam. Os mais ousados até se aventuravam em plena luz do dia e infestavam as paredes e o teto às centenas. Meu companheiro tinha a astúcia dos animais. Como Orlando Furioso, ele levava um verme qualquer aos seus lábios sem nenhum sinal de medo. Não terá havido uma batalha. Durou horas. Foi uma carnificina. E quando os últimos sobreviventes fugiram para os seus abrigos de tijolo e reboco, nosso trabalho estava apenas na metade. Mastigamos bocados de pão até reduzir tudo a uma consistência de pudim, e quando uma pulga beligerante escapava para dentro do seu buraquinho entre tijolos, imediatamente a emparedávamos com pelote de pão duro mascado. Continuamos a guerra até que a luz acabasse e até que cada buraquinho, fenda e nesga fosse tapado. Eu estremeço só de pensar nas tragédias de fome e canibalismo que devem ter se desenrolado por trás daquelas muralhas de miolo de pão.

Caímos em nossas camas, esgotados e famintos, para esperar o jantar. Tinha sido um bom dia de trabalho cumprido. Nas próximas semanas, pelo menos, não iríamos sofrer os ataques dos exércitos de insetos inimigos. Tínhamos gasto o nosso almoço, protegido as nossas costas às custas dos nossos estômagos, mas estávamos contentes. Mas ah! a futilidade do trabalho humano! Mal tínhamos acabado a nossa exaustiva tarefa quando um guarda destrancou a nossa porta. Havia um remanejamento de prisioneiros sendo efetuado e fomos levados para uma outra cela e trancafiados dois andares mais acima.

Bem cedo, na manhã seguinte, nossas celas foram destrancadas e lá embaixo, no saguão, as várias centenas de prisioneiros que então éramos formamos o passo-trancado e marchamos para os fundos da prisão, onde íamos trabalhar. O canal Erie corre bem ao fundo da Penitenciária de Erie. Nossa tarefa era descarregar uns botes, trazendo nos ombros enormes esteios de ferro, tais quais dormentes de estradas, até a prisão. Enquanto trabalhava tentei dar uma vista de olhos na situação e estudei as possibilidades de uma fuga. Não havia a menor chance. Sobre o alto dos muros marchavam os guardas armados com rifles de repetição, e além disso tinham me dito que havia metralhadoras nas sentinelas.

Não fiquei preocupado. Trinta dias não custariam tanto a passar. Eu ficaria aqueles trinta dias e depois acrescentaria ao material que tinha intenções de utilizar, quando saísse da prisão, contra as arbitrariedades da Justiça. Eu lhes mostraria o que é que um rapaz americano pode fazer quando os seus direitos e privilégios lhe são negados do modo como fizeram comigo. Tinham me negado o direito de ser julgado por um tribunal. Tinham me negado o direito de me declarar culpado ou inocente; tinham me negado até mesmo um julgamento (pois eu não podia considerar o que eu passara em Niágara Falls como um julgamento); não tinham permitido que eu me comunicasse nem com um advogado nem com mais ninguém, e depois disso fora negado o meu direito de pedir um *habeas-corpus;* minha cara tinha sido raspada, meu cabelo tosquiado, listras de condenado cobriam meu corpo; eu era forçado a trabalhar duro sob uma dieta de pão e água e a marchar aquele humilhante passo-trancado, com guardas armados ao meu lado – e tudo isso por quê? O que é que eu tinha feito? Que crime tinha eu cometido contra os bons cidadãos de Niágara Falls para que toda essa vingança tombasse sobre mim? Não tinha nem sequer violado a sua proibição de "dormir na rua". Eu tinha dormido no campo, aquela noite, longe da sua jurisdição. Não tinha nem sequer mendigado por uma refeição ou saído em busca de alguma coisa leve nas ruas. Tudo o que eu tinha feito fora caminhar nas suas calçadas e contemplar aquela mísera catarata. E que crime havia em tudo isso? Legalmente eu não era culpado de delito algum. Está bem, eu lhes mostraria quando saísse daquela joça.

No dia seguinte falei com um guarda. Queria um advogado. O guarda riu na minha cara. E o mesmo fizeram todos os outros guardas. Eu estava literalmente *incomunicável* no que dizia respeito à realidade exterior. Tentei escrever uma carta de denúncia, mas soube que todas as cartas eram lidas e censuradas ou confiscadas pelas autoridades da prisão e, de qualquer modo, que a presos condenados a sentenças leves não era permitido escrever cartas. Alguns dias depois tentei enviar cartas pelos presos que eram soltos, mas também soube que eles eram revistados e as cartas encontradas e destruídas. Não tinha importância. Tudo isso servia para agravar o caso quando eu estivesse do lado de fora.

Mas, à medida que os dias na prisão iam se passando (e os descreverei no próximo capítulo), eu caí na realidade. Ouvi estórias sobre a polícia, os julgamentos e advogados que eram inacreditáveis e monstruosas. Homens encarcerados narraram-me experiências pessoais com a polícia das grandes cidades que eram simplesmente horríveis. E mais horríveis ainda eram as estórias que se ouviam falar de homens que tinham morrido nas garras da polícia e que não podiam testemunhar por si próprios os horrores por que tinham passado. Anos depois, no relatório do Comitê Lexow, eu iria ler estórias verdadeiras muito mais tenebrosas do que as que me tinham sido narradas. Porém, enquanto isso, nos meus primeiros dias de prisão, eu gracejava ante tudo o que ouvia.

Mas, à medida que os dias iam se passando, comecei a me convencer. Vi com meus próprios olhos coisas monstruosas e incríveis, lá naquela prisão. E, quanto mais me convencia, mais profundamente crescia em mim o respeito pelos cães de guarda da lei e por toda a instituição da justiça criminal. A minha indignação desvaneceu e para dentro de mim afluíram as correntes do medo. Afinal consegui enxergar nitidamente aquilo contra o que eu estava lutando. Tornei-me submisso e medroso. A cada dia eu me resolvia mais enfaticamente a não fazer o menor rumor quando saísse dali. Tudo que eu pedia, quando estivesse do lado de fora, era a chance de sumir o mais depressa possível daquela paisagem. E foi justamente isso que fiz quando fui libertado. Guardei minha língua entre os dentes e saí devagarinho no rumo da Pensilvânia, agora um homem mais sábio e mais humilde.

A PRISÃO

Durante dois dias eu dei duro nos fundos da prisão. Era trabalho pesado e, apesar do fato de eu aproveitar cada oportunidade para descansar, acabei ficando exausto. Por culpa da alimentação. Homem algum conseguia trabalhar duro com tal alimentação. Pão e água – isso era tudo que nos era servido. Uma vez por semana, supostamente, nós deveríamos comer carne; mas essa carne nem sempre dava as caras e, como todo o seu teor nutritivo já se esvaíra antes, quando cozinhada junto com a sopa, não fazia mesmo muita diferença se acabávamos provando daquilo uma vez por semana ou não.

Além disso, havia um furo brutal nessa dieta de pão e água. Enquanto recebíamos o suficiente em água, o mesmo não posso dizer do pão. A ração de pão era mais ou menos do tamanho de uns dois punhos e cada prisioneiro recebia três rações por dia. Havia uma coisa boa acerca da água, devo confessar: era quente. De manhã chamavam-na "café", ao meio-dia ganhava a dignidade de "sopa" e à noite era camuflada como "chá". Mas era sempre a mesma água todo o tempo. Os prisioneiros chamavam-na "água enfeitiçada". De manhã a água era escura, a cor era devido ao fato de ser fervida junto com cascas queimadas de pão. Ao meio-dia era servida sem cor, com uma pitada de sal e uma gota de gordura. À noite era servida com um certo brilho dourado, castanho avermelhado que desafiava qualquer especulação; era uma miséria de chá, mas a água era incrivelmente quente.

Nós éramos um bando de esfomeados na Penitenciária de Erie. Só os condenados a maiores penas sabiam o que era ter o suficiente pra comer. A razão disso era que eles logo morreriam se passassem um tempo mais longo se alimentando do mesmo modo que os presos de penas menores. Sei que esses condenados ganhavam uma bóia mais consistente porque havia uma fila inteira deles no pavimento térreo do nosso saguão e, quando fui um homem de confiança, eu costumava roubar deles um pouco dessa bóia enquanto os servia. Um homem não pode viver só de pão, ainda mais quando não recebe nem sequer uma *quantidade suficiente.*

Meu camarada comandava a distribuição dos alimentos. Depois de dois dias de trabalho pesado nos fundos da prisão, eu fui levado pra fora da minha cela e fizeram de mim um homem de confiança, um zelador do saguão. De manhã e à noite, nós servíamos o pão para os prisioneiros em suas celas; mas ao meio-dia um outro método era empregado. Os condenados voltavam do trabalho marchando numa longa fila. Assim que atravessavam as portas do nosso saguão, tiravam os braços de cima dos ombros dos camaradas do lado e interrompiam a marcha. Do lado de dentro do saguão ficavam empilhadas bandejas de pão e aqui também ficava o chefe-do-saguão seguido por dois ajudantes Eu era um desses dois. Nossa tarefa era segurar as bandejas de pão enquanto os condenados avançavam em fila. Assim que a bandeja que eu estava segurando se esvaziava, o outro ajudante tomava meu lugar com uma bandeja cheia; e quando esta se esvaziava eu o substituía com outra bandeja cheia. Dessa maneira a fila avançava continuamente, cada homem esticando a mão direita e pegando um pedaço de pão da bandeja estendida.

A tarefa do chefe-do-saguão era diferente. Ele usava um bastão. Permanecia ao lado da bandeja e observava. Os pobres coitados não perdiam a ilusão de alguma vez conseguirem retirar duas porções de pão da bandeja. Mas durante a minha estada na prisão essa vez nunca chegou. O bastão do chefe-do-saguão descia feito um relâmpago, tão rápido quanto o bote de um tigre, na mão que sonhava tão ambiciosamente. O chefe-do-saguão sabia calcular muito bem as distâncias e já tinha esmagado tantas mãos com aquele bastão que se tornara infalível. Nunca errava e geralmente punia o prisioneiro rebelde privando-o da sua porção e enviando-o para a cela só com a sua refeição de água quente.

E, algumas vezes, enquanto todos esses homens passavam fome em suas celas, eu vi uma centena ou mais de porções extras de pão escondidas nas celas dos homens-do-saguão. Pode parecer absurdo reter todo esse pão. Mas era um dos nossos monopólios. Nós éramos os soberanos da economia dentro do nosso saguão, controlando as operações de modo bastante semelhante aos soberanos econômicos da civilização. Controlávamos a distribuição de alimentos para a população e, exatamente como nossos irmãos ladrões do lado de fora, fazíamos com que o povo pagasse por isso. Nós revendíamos o pão. Uma vez por semana o prisioneiro que trabalhava nos fundos da prisão recebia um naco de cinco centavos de fumo de mascar. Esse tabaco de mascar era a moeda do reino. Duas ou três porções de pão por um naco de tabaco, era assim que comerciávamos, e eles aceitavam a troca, não porque gostassem menos de fumo, mas porque precisavam muito mais de pão. Oh, eu sei que era como tirar o doce da boca de um bebê, mas o que você faria? Nós tínhamos que viver. E com toda certeza devia haver alguma recompensa para o espírito de iniciativa e empreendimento. Além do mais, nós seguámos os nossos melhores exemplos fora das celas onde, numa escala mais larga e sob os respeitáveis disfarces de especuladores, empresários e magnatas industriais faziam exatamente o que nós estávamos fazendo. Que coisas horríveis teriam acontecido com aqueles pobres miseráveis se não fosse por nós é algo que nem sequer consigo imaginar. Deus sabe que nós é que colocávamos o pão em circulação na Penitenciária de Erie. Ah, e nós encorajávamos a frugalidade e a poupança – naqueles pobres diabos que trocavam seu tabaco. E havia o nosso exemplo. No íntimo de cada condenado injetamos a ambição de tornarem-se como nós e dirigirem um negócio. Pilares da sociedade – creio que sim!

Eis aqui um homem faminto e sem nenhum tabaco. Talvez ele fosse um dissoluto e o tivesse gasto todo consigo mesmo. Muito bem; ele tinha um par de suspensórios. Eu trocava meia dúzia de porções de pão por eles ou uma dúzia de porções se os suspensórios estivessem em muito bom estado. Bem, eu nunca usei suspensórios, mas isso não importava. Dobrando a esquina hospedava-se um condenado que cumpria dez anos por homicídio. Ele usava suspensórios e queria um par. Eu podia lhe arranjar isso em troca da sua carne. Carne era o que eu queria. Ou talvez ele tivesse um romance, velho e usado. Isso era uma mina de ouro. Eu podia lê-lo e depois trocar com os padeiros por torta ou com os cozinheiros por carne e legumes, ou com o foguista por café quente, ou com qualquer outro pelo jornal que ocasionalmente se infiltrava, só Deus sabe como. Os cozinheiros, padeiros e foguistas eram prisioneiros tais como eu, e se hospedavam em nosso saguão na primeira fila de celas acima de nós.

Em suma, um sistema completo de trocas e negociatas funcionava na Penitenciária de Erie. Até dinheiro havia em circulação. Esse dinheiro era introduzido secretamente, às vezes, pelos presos condenados a penas menores; mais freqüentemente vinha das operações no salão do barbeiro onde os novatos eram revistados, mas na maioria das vezes ele brotava das celas dos condenados a longas penas, embora eu ignore por completo o modo como lhes chegava às mãos.

Em seu posto proeminente, o primeiro homem-do-saguão era estimado como um homem de muitos bens. Além de seus vários impostos e negociatas, ele negociava conosco. Nós éramos os fazendeiros da miséria geral e o chefe-do-saguão era o fazendeiro-mor acima de todos nós. Nós só conduzíamos nossos negócios particulares sob sua permissão e tínhamos que pagar por essa licença. Ele era considerado um homem rico, mas nós nunca pusemos o olho no seu dinheiro e ele vivia numa cela só para si, em solitária grandeza. Mas de que se conseguia dinheiro na penitenciária, disso eu tinha certeza, pois durante um bom tempo eu fui companheiro de cela do terceiro chefe-do-saguão. Ele tinha mais de dezesseis dólares. E costumava contar seu dinheiro toda noite depois das nove, quando nossas celas eram trancadas. Além do mais, ele me dizia em detalhes, toda noite, o que faria comigo se eu o delatasse aos outros chefes-do-saguão. Você vê, ele tinha medo de ser roubado, e o perigo que o ameaçava podia vir de três direções diferentes. Em primeiro lugar, os guardas. Dois podiam saltar em cima dele, descer-lhe o cacete por alguma suposta insubordinação, jogá-lo na "solitária" (a masmorra) e, na confusão, os seus dezesseis dólares criariam asas. Ou, então, o primeiro chefe-do-saguão poderia arrancá-los dele, ameaçando-o de demiti-lo e mandá-lo de volta aos trabalhos pesados nos fundos da prisão. E, finalmente, dez de nós éramos chefes-de-saguão ordinários. Se tivéssemos uma vaga idéia da sua fortuna, havia uma grande probabilidade da nossa turma toda, num dia calmo e tranqüilo, acuá-lo num canto e arrasá-lo. Ah, nós éramos lobos, acredite-me – exatamente como alguns caras que cuidam de seus negócios em Wall Street.

Ele tinha bons motivos para ter medo de nós, assim como eu para ter medo dele. Ele era um gigantesco e ignorante brutamonte, ex-pirata de ostras da Baía de Chesapeake, ex-vigarista que tinha cumprido cinco anos na prisão de Sing Sing e uma besta estupidamente carnívora em todos os sentidos. Ah, não, eu nunca o delatei para os outros chefes-do-saguão. Esta é a primeira vez que menciono os seus dezesseis dólares. Por isso mesmo, tinha bons motivos para usufruir de uma parcela dessa quantia. Ele estava apaixonado por uma presidiária que estava confinada no "pavilhão feminino". Ele não sabia ler nem escrever e eu costumava ler as cartas dela para ele e escrever as suas respostas. E eu o fazia pagar por isso, ah, sim. Mas eram grandes cartas. Eu me derramava nelas por inteiro, empregava as mais doces expressões e, afinal, eu a conquistei para ele; embora, hoje, eu desconfie de que ela ficou apaixonada não por ele, mas pelo humilde escriba. É verdade, aquelas cartas eram grandes.

Outro dos nossos golpes era "oferecer o fogo à chama". Nós éramos os mensageiros celestiais, os prometeus que traziam o fogo para aquele mundo de barras e cadeados de ferro. Quando os homens voltavam à noite do trabalho e eram trancafiados de novo em suas celas, eles desejavam, ardentemente, fumar. Era aí então que nós restaurávamos a chama divina, percorrendo as galerias, de cela em cela, com nossas iscas de brasa. Os que eram espertos ou aqueles com quem fazíamos negócio tinham suas iscas prontas pra acender. Mas nem todo mundo recebia as centelhas divinas. Aquele que se recusava a colaborar ia sem luz e sem cigarro pra cama. Mas o que isso nos importava? Tínhamos a espora imortal e, se ele se libertasse, dois ou três de nós lhe cairíamos em cima e ele aprenderia de uma vez por todas. Você vê, esta era a teoria de trabalho dos chefes-de-saguão. Nós éramos em treze. Tínhamos mais ou menos quinhentos homens prisioneiros no nosso saguão. Supostamente nós éramos obrigados a fazer o trabalho e manter a ordem. Esta última era função dos guardas, que eles despejavam sobre nós. Estava em nossas mãos manter a ordem; se não o fizéssemos seríamos enviados de volta para os trabalhos forçados, ainda por cima com um saborzinho de masmorra pra aguçar o paladar. Mas, enquanto mantivéssemos a ordem, podíamos nos empenhar em nossos golpes e trambiques particulares, sem interferências.

Reflita comigo um instante. Aqui estavam treze bestas como nós reinando sobre meio milhar de outras bestas. Era um inferno vivo aquela prisão, e cabia somente a nós treze governá-la. Era impossível, considerando a natureza das bestas, governar por caridade. Nós governávamos por medo. É claro que por trás, às nossas costas, havia os guardas. E em casos extremos nós apelávamos por ajuda; mas seria uma chateação para eles se os chamássemos com muita freqüência e, nesse caso, o mais provável é que arranjariam chefes-de-saguão mais eficientes do que nós, pra nos substituir. Mas nós não apelávamos para eles com freqüência, isto é, exceto de uma maneira bem sutil, quando queríamos que uma cela fosse destrancada para agarrarmos um prisioneiro refratário. Em casos como esse tudo o que o guarda fazia era abrir a porta e ir-se embora pra não testemunhar o que acontecia quando meia dúzia de chefes-de-saguão entrasse lá dentro e se divertisse maltratando um pouco o pobre diabo.

Quanto aos detalhes dessa diversão, eu não revelarei nada. E, depois de tudo, diversões e maus tratos eram apenas um dos menores itens dos vários impublicáveis horrores da Penitenciária de Erie County. Digo "impublicáveis", mas se quiser ser honesto devo acrescentar também inimagináveis. Eram inimagináveis para mim até que eu os vi, e eu não era nenhum recém-saído do ninho quanto aos caminhos do mundo e aos horríveis abismos da degradação humana. Seria preciso uma sonda muito profunda para se chegar ao fundo da Penitenciária de Erie County daqueles dias, e eu não estou fazendo mais do que recolher de leve a espuma da superfície das coisas que lá eu vi.

Às vezes, por exemplo, de manhã, quando os prisioneiros desciam para se lavar, nós treze ficávamos praticamente sozinhos no meio deles todos, e até o último deles, no seu íntimo, nos odiava profundamente. Treze contra quinhentos, e nós governávamos pelo medo. Não podíamos permitir a menor infração das regras, a menor insolência. Se o fizéssemos estaríamos perdidos. Nossa regra era bater em qualquer homem assim que ele abrisse a boca – e bater forte, bater com qualquer coisa. A ponta de um cabo de vassoura sobre o rosto tinha um efeito bastante disciplinador. Mas isso não era tudo. Tal homem devia tornar-se um exemplo; de modo que a regra seguinte era cair de sola e deixar o homem estirado no chão.

É claro que se estava sempre seguro de que o chefe-de-saguão que estivesse à vista viria correndo para ajudar na punição; isso também era uma regra. Quando qualquer chefe-de-saguão estava tendo problemas com um prisioneiro, o dever de todo chefe-de-saguão que estivesse nas redondezas era emprestar os seus punhos. Não importava o mérito da questão – entre no bolo e bata, bata com qualquer coisa que estiver ao seu alcance; em suma, deixe o homem esticado com a língua pra fora.

Lembro-me de um jovem e belo mulato de mais ou menos vinte anos que pôs na cabeça a insana idéia de que devia fincar o pé por seus direitos. E certamente esse era um direito seu, mas isso não o ajudava em nada. Ele vivia na galeria mais alta de todas. Oito chefes-de-saguão arrasaram essa sua pretensão em apenas um minuto e meio; pois esse foi o tempo necessário para percorrer todo o corredor da sua galeria até o fim e daí vir caindo por cinco lances de escada de aço. Ele percorreu essa distância com cada parte de sua anatomia, exceto com seus pés, e os oito chefes-de-saguão não foram preguiçosos. O mulato chocou-se com o chão do pavimento no qual eu estava de pé observando tudo. Ele ergueu-se novamente e permaneceu ereto e de pé por um instante. Nesse momento ele lançou os braços bem abertos para os lados e emitiu um grito horrível de dor, terror e desespero. Ao mesmo tempo, como num espetáculo transformista, os farrapos da sua roupa de prisioneiro caíram por terra, mostrando-o inteiramente nu com sangue a brotar de cada centímetro da superfície do seu corpo. Daí ele desmoronou, caiu como um pedaço de pau inconsciente. Tinha aprendido a sua lição, e cada condenado dentro daquelas paredes que o tinha ouvido gritar tinha aprendido uma lição. Eu também tinha aprendido a minha. Não é algo muito agradável ver o coração de um homem ser despedaçado em um minuto e meio.

O que vou contar a seguir vai ilustrar o truque com que operávamos no "oferecer a chama". Uma série de novatos são instalados no seu saguão. Você vai passando ao lado das grades com a sua chama. "Ei, cara, você tem fogo?", alguém lhe chama. Bem, preste atenção, isso é um aviso de que esse homem em particular tem tabaco consigo. Você lhe passa a chama e segue o seu caminho. Um pouco depois você volta e se encosta casualmente contra as grades. "Diz aí, pode me emprestar um pouco de tabaco?" é o que você diz. Se ele não estiver atento ao jogo as probabilidades são de que ele declarará solenemente que não possui mais tabaco. Tudo muito bem. Você se lamuria um pouco com ele e segue o seu caminho. Mas você sabe que o seu fogo só durará até o fim do dia. No dia seguinte você está passando e ele lhe chama novamente: "Ei cara, pode me dar fogo?" E você diz: "Você não tem tabaco, não precisa de fogo". E você também não lhe cede nada. Meia hora depois ou uma ou duas ou três horas mais tarde, você estará passando por lá e o homem vai lhe chamar gentilmente: "Venha cá". E você vai. Estende a sua mão por entre as grades e a tem cheia de precioso tabaco. Daí você lhe dá o fogo.

Mas às vezes chega um novato sobre o qual golpe algum deve ser aplicado. O misterioso recado é passado de boca em boca, de que ele deve ser tratado decentemente. De onde essa mensagem se origina eu nunca pude aprender. A única coisa clara é que este homem tem um pistolão. Pode ser um dos chefes-de-saguão superiores; pode ser um dos guardas em alguma outra parte da prisão; pode ser que um tratamento decente tenha sido negociado com alguém mais acima; mas, seja o que for, sabemos que cabe a nós tratá-lo decentemente se quisermos evitar problemas.

Nós, chefes-de-saguão, éramos corretores e entregadores comuns. Nós arranjávamos negócios entre condenados presos em diferentes lugares da penitenciária e empreendíamos a troca. E tirávamos nossas comissões tanto na ida como na vinda. Às vezes os objetos comercializados tinham que passar pelas mãos de meia dúzia de intermediários, cada um dos quais recebia o seu quinhão ou, de um modo ou de outro, era pago por seus serviços.

Às vezes um estava devendo serviço e às vezes este um tinha outros lhe devendo. Assim eu entrei na prisão com um débito para com o condenado que tinha ocultado minhas coisas a pedido meu. Mais ou menos uma semana depois, um dos homens pôs uma carta nas minhas mãos. Havia sido entregue a ele pelo barbeiro. O barbeiro a tinha recebido do preso que tinha ocultado as minhas coisas. Em vista do meu débito para com ele, eu devia levar a carta à frente. Mas ele não tinha escrito a carta. O remetente original era um condenado a longas penas do seu saguão. A carta era para uma presa do departamento feminino. Mas se era destinada a ela ou se ela, por sua vez, era apenas um elo na cadeia dos intermediários, eu não sabia. Tudo o que eu sabia era a sua descrição física e que estava sob minha responsabilidade pôr a carta em suas mãos.

Passaram-se dois dias, durante os quais mantive a carta em meu poder; aí veio a oportunidade. As mulheres remendavam todas as roupas usadas pelos prisioneiros. Um certo número de nossos homens tinha que ir ao departamento feminino para trazer de volta enormes cestos de roupas. Acertei com o primeiro chefe-de-saguão que eu devia ir junto. Porta atrás de porta foi sendo destrancada para nós à medida que atravessávamos a prisão rumo ao pavilhão feminino. Entramos numa vasta sala onde as mulheres estavam sentadas costurando. Meus olhos foram atraídos pela mulher que tinha sido descrita. Eu a localizei e fui trabalhar próximo a ela. Duas matronas de olhos de águia estavam de vigia. Eu segurei a carta na palma da minha mão e tentei deixar clara minha intenção para a mulher. Ela sabia que eu tinha algo para ela; devia estar esperando e se pôs a adivinhar, no momento em que entramos, qual de nós seria o mensageiro. Mas uma das matronas permanecia de pé a menos de dois passos dela. Os homens já estavam apanhando os cestos que deviam levar embora. O tempo estava passando. Eu me atrasava com o meu cesto fingindo que não estava amarrado com segurança. Será que aquela matrona jamais tiraria os olhos de mim? Iria eu falhar? Nesse exato momento uma outra mulher se atracou ruidosamente com um dos homens – esticou a perna e passou-lhe o pé ou empurrou-o ou uma coisa ou outra. A matrona olhou naquela direção e reprovou a mulher asperamente. Eu não sei se estava tudo planejado para distrair a atenção da matrona ou não, mas soube que aquele era o meu momento. A mão da mulher desceu do seu colo e ficou esperando ao lado. Eu me debrucei para apanhar o meu cesto. Na minha posição curvada eu pus a carta em sua mão e recebi outra em troca. No instante seguinte o cesto estava nos meus ombros, o olhar da matrona voltara a cair sobre mim, pois eu era o último dos homens, e eu me apressei para alcançar meus companheiros.

A carta que recebi da mulher eu entreguei ao preso que me entregara a primeira carta, que por sua vez a pôs nas mãos do barbeiro, e este nas do condenado que havia ocultado as minhas coisas e este até o preso condenado a uma longa pena, lá no outro extremo.

Freqüentemente nós transportávamos cartas; a cadeia de intermediários era tão complexa que desconhecíamos tanto o remetente quanto o destinatário.

Não éramos mais do que elos de uma corrente. De algum modo, em algum lugar, alguém punha uma carta em minhas mãos com instruções de passá-la para o próximo elo. Todos esses atos eram favores a serem retribuídos mais tarde, quando eu estivesse em contato direto com um mandante do transporte de cartas e de quem eu devia receber meu pagamento. A penitenciária inteira era coberta por uma rede de comunicação. E nós que controlávamos o sistema de comunicações naturalmente cobrávamos pesados pedágios dos nossos clientes. Eram serviços prestados para em seguida nos vingarmos pedindo um serviço maior, embora não fôssemos uma vez ou outra incapazes de prestar serviços apenas por amor.

E todo o tempo em que fiquei na penitenciária eu estava tornando mais sólida a minha relação com o meu companheiro. Ele tinha feito muito por mim e esperava que eu fizesse o mesmo por ele em retorno. Quando saíssemos íamos viajar juntos e, isto estava implícito, saltar de emprego em emprego juntos. Pois o meu companheiro era um criminoso – ah, não uma estrela de primeira grandeza, apenas um pequeno criminoso que iria furtar e roubar, ocasionalmente arrombar, e que, se acuado, não hesitaria em matar. Muitas horas tranqüilas passamos juntos, sentados conversando. Ele tinha em vista dois ou três empregos no futuro imediato, no qual o meu trabalho já estava escolhido, e eu o acompanhava em planejar os detalhes. Eu tinha visto e estado com muitos criminosos antes e meu companheiro jamais imaginou que eu estava apenas enganando-o, dando-lhe uma corda que duraria apenas trinta dias. Ele achava que eu era realmente dos bons, gostava de mim porque eu não era estúpido, e também, creio, gostava um pouquinho de mim por mim mesmo. É óbvio que eu não tinha a menor intenção de me juntar a ele numa vida de crimes sórdidos e mesquinhos; mas eu teria sido um idiota se tivesse deixado escapar todas as boas coisas que a sua amizade tornava possível. Quando se está pisando na lava ardente do inferno não se pode ir simplesmente escolhendo o próprio caminho, e assim era comigo na Penitenciária de Erie County. Tinha de permanecer íntimo dos meus chefes-de-saguão ou voltar para os trabalhos forçados me alimentando apenas a pão e água; e, para permanecer íntimo dos chefes, tinha que me dar bem com meu companheiro.

A vida não era monótona na Penitenciária. Todo dia alguma coisa nova estava acontecendo, homens tendo ataques ou enlouquecendo, brigando, ou os chefes-de-saguão se embebedando. Jack, O Nômade, um dos chefes-de-saguão ordinários, era a nossa estrela mais brilhante. Era um verdadeiro viciado, um espírito que nascera e fora criado junto da garrafa e como tal recebia carta-branca dos chefes-de-saguão de maior autoridade. Pittsburgh Joe, que era o segundo chefe-de-saguão, costumava acompanhar Jack, O Nômade, em suas bebedeiras; era um dito corrente entre os dois que a Penitenciária de Erie County era o único lugar no qual um homem podia emborrachar-se de bêbado e não ser preso. Eu nunca soube, mas disseram-me que era bromato de potássio, conseguido do dispensário da prisão através de vários artifícios, que eles usavam como droga. Mas sei que qualquer que fosse a droga que usassem, eles realmente ficavam excitadíssimos e bêbados uma vez ou outra.

Nosso saguão estava entulhado com os baderneiros

e os sujos, a escória e os escorraçados da sociedade – deficientes hereditários, degenerados, loucos, fracassados, débeis mentais, monstros, epiléticos, em suma, o verdadeiro pesadelo da humanidade. As crises nervosas floresciam entre nós. E essas crises pareciam contagiosas. Quando um homem começava a debater-se, outros seguiam seu grito de liderança. Cheguei a ver sete homens caídos tendo ataques ao mesmo tempo, deixando a atmosfera insuportável com seus gritos, enquanto tantos outros lunáticos urravam e tremiam. Nunca se fazia nada pelos presos com crises além de jogar água fria sobre eles. Era inútil chamar pelo estudante de medicina ou por um médico. Eles não deviam ser incomodados com essas ocorrências tão freqüentes e triviais.

Havia um rapaz holandês de uns dezoito anos que tinha ataques com mais freqüência do que todos. Normalmente ele tinha um por dia. Por esse motivo nós o mantínhamos no nível do chão, bem abaixo da galeria das celas onde nós estávamos alojados. Depois de ter tido um ou dois ataques nos campos de trabalho da prisão, os guardas recusaram-se a se importar com ele novamente e, a partir daí, ele permanecia trancado em sua cela o dia inteiro com um miserável companheiro de cela a servir-lhe de companhia. Não que esse pobre miserável ajudasse alguma coisa; logo que o rapaz holandês tinha um ataque, o pobre diabo ficava paralisado... de terror.

Esse rapaz holandês não falava uma palavra de inglês. Era um garoto da fazenda cumprindo noventa dias por ter se metido numa briga com alguém. Ele prenunciava os seus ataques com uivos. Uivava tal qual um lobo. E mais, às vezes ele tinha os ataques quando estava de pé, o que acabava sendo muito inconveniente para ele, pois sempre culminavam com um mergulho de cabeça direto no chão. Assim que eu ouvia principiar aquele seu prolongado uivo de lobos, eu costumava agarrar uma vassoura e correr para a sua cela. Aos chefes-de-saguão não era permitido possuir chaves das celas e por isso eu não podia chegar até ele. Ele ficava de pé no meio daquela sua cela estreita, tendo convulsões incessantes, os olhos revirando pra trás até que só a sua branca gelatina ficasse visível, e uivava como uma alma penada. Mesmo me esforçando como me esforçava, eu nunca conseguia que o miserável companheiro de cela desse uma mãozinha. Enquanto ele ficava de pé e urrava, o pobre diabo se encolhia e tremia no beliche do alto, os olhos vidrados de terror fixos na horrível figura de olhos revirados pra trás que uivava e uivava. Era difícil pra ele também, pobre coitado. A sua própria sanidade não estava muito garantida, e é de espantar que ele não tenha enlouquecido.

Tudo o que eu podia fazer era arranjar-me o melhor possível com a vassoura. Eu a apoiava através das grades contra o peito do rapaz e esperava. À medida que o ataque se aproximava, ele começava a balançar pra frente e pra trás. Eu acompanhava o seu balançar com a vassoura, pois não havia modo de saber em que momento ele daria aquele terrível mergulho à frente. Mas quando o fizesse, eu estaria lá com a vassoura, aparando-o e depondo-o levemente no piso. De qualquer maneira, ele nunca chegava ao chão muito suavemente, e seu rosto ficava normalmente marcado pelas pedras do piso. Uma vez ali e retorcendo-se com as convulsões, eu despejava um balde d'água sobre ele. Não sei se jogar água fria era uma boa coisa ou não, mas era o costume na Penitenciária de Erie County.

Jamais lhe foi oferecida alguma coisa além disso. E ele permanecia lá deitado por uma hora ou mais, inteiramente encharcado, e daí rastejava até o seu leito. Eu preferia fazer isso a apelar para um guarda. De qualquer modo, o que era um homem sofrendo um ataque?

Na cela ao lado vivia uma personalidade rara, um homem que estava cumprindo sessenta dias por ter sido apanhado com a cara na lata de lixo do Circo Barnun, ou pelo menos era assim que ele colocava as coisas. Era uma criatura profundamente atrapalhada, mas, a princípio, bastante terna e gentil. Os acontecimentos tinham de fato se passado conforme ele os narrava. Em suas andanças, tinha se aproximado das vizinhanças do circo e, estando com fome, abrira caminho até um barril que continha os restos da mesa de todo o pessoal do circo. "E era uma bóia boa", ele repetia com freqüência, "a carne era maravilhosa". Um tira o tinha visto e o prendera e lá estava ele.

Uma vez eu passei por sua cela com um pedaço de arame finíssimo, mas muito resistente, em minha mão. Ele me pediu de modo tão sincero que dei a ele através das grades. Imediatamente e sem nenhuma ferramenta além de seus dedos, ele o quebrou em pequenos pedaços que transformou em meia dúzia de respeitáveis alfinetes. Aguçou as suas pontas no chão de pedras. A partir de então eu iniciei um verdadeiro comércio de alfinetes. Eu lhe fornecia a matéria-prima e vendia o produto final, ele fazia o trabalho. Como salário, eu lhe dava porções extras de pão e de vez em quando um naco de carne ou algum ossobuco com um pouco de tutano dentro.

Mas o fato de estar preso começou a lhe pesar e ele se tornava a cada dia mais e mais violento. Os chefes-de-saguão se divertiam em provocá-lo. Enchiam o seu cérebro enfraquecido com a estória de uma imensa fortuna que lhe haviam deixado. Fora para roubá-lo dessa fortuna que havia sido preso e enviado para a cadeia. É óbvio que, como ele seguramente sabia, não havia lei alguma que proibisse alguém de comer de uma lata de lixo. De tal modo que ele fora encarcerado erroneamente. Fora uma conspiração para impedi-lo de pôr as mãos em sua fortuna.

A primeira coisa que eu ouvi foi os chefes-de-saguão rindo da lorota que lhe haviam pregado. A seguir ele manteve uma seríssima conversação comigo, na qual me informou dos seus milhões e da trama para arruiná-lo e nomeou a mim seu detetive. Fiz o melhor que pude para trazê-lo gentilmente de volta à realidade, falando vagamente de um engano e que havia um outro homem com nome similar que era o verdadeiro herdeiro. Deixei-o bem mais calmo; mas não podia fazer nada pra manter os outros chefes-de-saguão à distância, e eles continuaram a enganá-lo ainda com mais empenho do que antes. Afinal, após uma cena bastante violenta, ele me jogou no chão, revogou o meu estatuto de detetive particular e entrou em greve. O meu comércio de alfinetes encerrou-se ali. Ele recusava-se a fazer mais alfinetes e me alvejava através das grades quando eu passava com a matéria-prima que lhe fornecia.

Não consegui reatar com ele. Os outros chefes-de-saguão disseram-lhe que eu era um detetive a serviço dos conspiradores e em pouco tempo o enlouqueceram com tantas histórias. Os enganos imaginários turvaram-lhe a mente e afinal ele se tornou um perigoso e louco homicida. Os guardas recusavam-se a ouvir suas estórias de milhões roubados e ele os acusou de estarem fazendo parte da conspiração. Um dia ele arremessou uma caneca de chá quente sobre um dos guardas e então seu caso foi investigado. O diretor da prisão conversou com ele alguns minutos através das grades. Aí foi levado para ser examinado pelos doutores. Nunca voltou e até hoje eu me pergunto se está morto ou se ainda delira acerca dos seus milhões no fundo de algum asilo de loucos.

    Finalmente chegou o dia dos dias, a minha libertação. Era o dia de libertação também do terceiro chefe-de-saguão e da garota, que também cumpria uma pena leve e que eu conquistara para ele através de cartas. Ela esperava por ele do lado de fora da prisão. Foram embora infinitamente felizes. Meu companheiro e eu saímos juntos e seguimos até Buffalo. Não era para ficarmos unidos para sempre? Juntos mendigamos, aquele dia, alguns centavos nas ruas principais, e o que arrecadamos foi gasto em *shupers* de cerveja – eu não sei como se escreve, mas se pronuncia do modo como escrevi, e sei que custam três centavos. O tempo todo eu estava esperando a minha oportunidade para dar o fora. De um miserável na sarjeta eu consegui saber a que horas um certo trem de carga iria partir. Calculei o meu tempo. Quando chegou a hora, meu companheiro e eu estávamos num bar. Duas canecas espumantes de cerveja a nossa frente. Eu teria gostado de me despedir. Ele tinha sido bom comigo. Mas não liguei pra isso. Saí pelos fundos do bar e pulei uma cerca. Foi uma escapada rápida e dali a poucos minutos eu já estava a bordo de um trem de carga rumando velozmente para o sul na Western New York e Pensilvânia Railroad.

COMO ME TORNEI SOCIALISTA

Posso dizer que me tornei um socialista de modo bastante semelhante ao dos pagãos teutônicos quando tornaram-se cristãos – isto é, a marteladas. Não somente eu não buscava o socialismo na época da minha conversão, como estava mesmo em guerra com ele. Eu era jovem e inexperiente, não sabia nada de coisa alguma e, embora jamais tivesse ouvido falar de uma escola de nome "Individualismo", eu entoava o hino dos fortes com todo o sangue do meu coração.

Mas isso porque eu era realmente forte. Quando digo forte estou dizendo que tinha boa saúde e uma musculatura rija, possessões que são, ambas, facilmente superestimadas. Minha infância foi passada em fazendas da Califórnia, minha adolescência entregando jornais nas ruas de uma próspera cidade da costa oeste e finalmente minha juventude nas águas saturadas de ozônio da Baía de San Francisco e do Oceano Pacífico. Adorava a vida ao ar livre e trabalhava sob céu descoberto nas mais árduas tarefas. Sem aprender nenhum ofício, apenas saltando de emprego em emprego, eu olhava o mundo e abençoava cada pedacinho seu. É bom deixar claro que todo esse entusiasmo era devido ao fato de ser forte e saudável, não importunado por dores nem por fraquezas, nunca preterido pelo patrão por não ter uma aparência apropriada, sempre capaz de conseguir um emprego nas minas de carvão, nos mares ou em trabalhos manuais de qualquer espécie.

Por tudo isso, exultante em minha juventude, capaz de me sair bem em qualquer emprego e qualquer briga, eu era um individualista desenfreado. O que é muito natural. Eu era um vencedor. A partir daí passei a chamar este jogo, onde quer que o visse ou onde quer que pensasse que o visse jogado, de um jogo bastante apropriado para HOMENS. Ser um HOMEM era escrever em meu coração a palavra homem com letras maiúsculas. Arriscar-me como um homem, lutar como um homem, fazer o trabalho de um homem (mesmo que sob o salário de um garoto) – essas eram coisas que me tocavam e me mantinham vivo como nenhuma outra. Eu vislumbrava à minha frente o panorama deslumbrante de um infinito e tranqüilo futuro, no qual, representando aquele que eu acreditava ser o jogo do HOMEM, eu continuaria a viajar sempre com uma saúde inquebrantável e transpondo todos os obstáculos com os músculos sempre novos. Esse futuro, como estou dizendo, era infinito. Só conseguia me ver zanzando vida afora como uma das feras selvagens de Nietszche, espreguiçando-se amorosamente e conquistando tudo através da superioridade e da força.

Quanto aos desaventurados, aos fracos e doentes, velhos e aleijados, devo confessar que raramente pensava neles, exceto indistintamente quando sentia, às vezes, que, deixando de lado os imprevistos, eles podiam ser tão bons quanto eu e trabalhar igualmente tão bem, se eles realmente o desejassem. Imprevistos? Bem, eles representavam o DESTINO, também escrito com letras maiúsculas, e não havia modo de se escapar do DESTINO. Napoleão tinha sofrido um acidente em Waterloo, mas isso não acabava com o meu desejo de tornar-me um tardio Napoleão. Além do mais, o otimismo, gerado num estômago que podia digerir até farpas de ferro moído e em um corpo que florescia mesmo nas piores condições, não me permitia considerar os acidentes como algo sequer de longe relacionado à minha gloriosa personalidade.

Espero ter deixado bem claro que me sentia profundamente orgulhoso de ser um dos nobres cavaleiros armados da Natureza. A dignidade do trabalho tornara-se para mim o fato que maior impressão me causava no mundo. Sem ter lido Kipling ou Carlyle, eu arquitetava evangelhos de trabalho que varriam os deles para as sombras. O trabalho era tudo. Purificação e salvação. O orgulho que significava para mim um dia inteiro de trabalho árduo seria inconcebível para você. É quase inconcebível para mim mesmo quando volto os olhos para trás e penso no assunto. Eu era um escravo fiel do salário através do qual o capitalista me explorava. Esquivar-me ou ludibriar o homem que me pagava o salário era um pecado, antes de tudo, contra mim e, em segundo lugar, contra ele. Para mim era um crime que vinha logo atrás de traição, mas tão ruim quanto.

Em suma, meu alegre individualismo era dominado pela ética da elite ortodoxa. Eu lia os jornais da elite, assistia os oradores da elite e urrava às tremendas superficialidades dos políticos de elite. Não duvido que, se outros acontecimentos não tivessem influenciado o curso da minha vida, eu teria me transformado num fura-greves profissional e com minha cabeça e força de trabalho esmagadas definitivamente por um porrete nas mãos de algum militante sindical.

Exatamente nessa época, após uma viagem de sete meses junto aos mastros de um navio, com dezoito anos recém-completos, entrou em minha cabeça a idéia de experimentar a vida de vagabundo. Por estradas e vagões fechados eu abri caminho, a duras penas, desde o vasto Oeste onde os homens saltavam pelos campos e os empregos caçavam os homens, até os centros congestionados do Leste, onde os homens não eram senão pequeninas batatas lutando por seus empregos com toda a força que possuíam. E nesta nova aventura selvagem me descobri encarando a vida de um ângulo inteiramente novo e diferente. Tinha escorregado do proletariado para aquilo a que os sociólogos têm mania de se referir como a "porção submersa", e fiquei perplexo ao descobrir como essa "porção submersa" era recrutada.

Lá me deparei com todas as espécies de homens, muitos dos quais já haviam sido, uma vez, tão aptos, ousados e aventureiros quanto eu; homens do mar, homens das armas, trabalhadores, todos exaustos, comidos e desfigurados pelos esforços, asperezas e acidentes imprevistos, agora deixados de lado por seus senhores como velhos cavalos. Eu me arrastei pelas ruas e mendiguei nas portas dos fundos das casas junto com eles, sentindo os mesmos calafrios em vagões e parques da cidade, ouvindo aqui e ali histórias de vidas que tinham começado tão auspiciosas quanto a minha, com estômagos e corpos tão bons ou talvez até mais fortes que os meus e que findavam ali, ante os meus olhos, na destruição do Abismo Social.

E enquanto ouvia essas histórias meu cérebro começava a martelar. A mulher da rua e o homem das sarjetas aproximaram-se de mim. Eu vi a imagem do Abismo Social tão vivo e claro como se fosse uma coisa concreta, e no fundo do Abismo então eu vi – eles e, só um pouco acima, eu próprio, agarrando-me às paredes escorregadias com todo o suor e a força de minhas unhas. E confesso que um pavor se apoderou de mim. O que aconteceria quando minhas forças faltassem? Quando fosse incapaz de trabalhar ombro a ombro com os homens mais fortes que, em comparação, eram como bebês ainda malnascidos? E uma vez ou outra eu pronunciava um solene juramento. Algo mais ou menos assim: *Todos os meus dias trabalhei até a exaustão com meu corpo e apesar do número de dias que trabalhei, e até por isso mesmo, estou cada vez mais perto do fundo do Abismo. Eu vou sair desse Abismo, mas não com os músculos do meu corpo. Não vou nunca mais trabalhar como trabalhei e que Deus me fulmine se um dia eu der de mim mais do que o meu corpo pode dar.* Desde então ando ocupado em escapar de qualquer trabalho duro.

Uma vez, por acesso, enquanto percorria umas 10.000 milhas de Estados Unidos e Canadá, parei na cidade de Niagara Falls, fui capturado por um policial-à-cata-de-subornos, privado do direito de me declarar culpado ou inocente, sentenciado de uma hora para outra a trinta dias de prisão por não ter residência fixa, tampouco algum meio visível de sustento, algemado e acorrentado junto com um grupo de homens em circunstâncias similares, levado país abaixo até Buffalo, registrado na Penitenciária de Erie, o cabelo e o bigode raspados a zero, vestido com as roupas listradas de um condenado, compulsoriamente vacinado por um estudante de medicina que praticava em pessoas tais como nós, obrigado a marchar em bloco e a trabalhar sob as vistas de guardas armados com rifles e carabinas – tudo isso por aventurar-me um pouco como uma das feras selvagens. Quanto a maiores detalhes esta testemunha declara-se muda, embora possa-se desconfiar que o seu exultante patriotismo tenha se evaporado um pouco e vazado por alguma fresta no fundo de sua alma – pelo menos, desde que passou por essa experiência, ele já se deu conta de que se interessa muito mais por homens, mulheres e crianças do que por fronteiras geográficas imaginárias.

Mas para voltar à minha conversão. Creio que ficou evidente que o meu individualismo feroz foi eficazmente expulso de mim e que alguma outra coisa foi, tão ardorosamente quanto, introduzida. Assim como tinha sido um individualista sem sabê-lo, eu era agora um socialista sem sabê-lo, ou seja, um socialista nada científico. Tinha renascido, mas não ainda rebatizado, e estava dando voltas para descobrir que espécie de coisa eu era. Voltei para a Califórnia e abri os livros. Não me lembro quais foram os primeiros. De qualquer modo, pouco importa. Eu era *isso,* o que quer que *isso* fosse, e através dos livros descobri que *isso* era um socialista. Desde esse dia já abri muitos livros, mas nenhum argumento econômico, nenhuma lúcida análise acerca da lógica e da inevitabilidade do socialista me deixa tão profunda e convincentemente tocado quanto aquele dia em que pela primeira vez vi as paredes do Abismo Social fecharem-se ao meu redor e me senti escorregando para baixo, para baixo, para os destroços do fundo.

A PAIXÃO DO SOCIALISMO*

Nasci na classe trabalhadora. Cedo descobri o entusiasmo, a ambição e os ideais; e satisfazê-los tornou-se o problema da minha infância. Meu ambiente era cru, áspero e rude. Eu não tinha nenhuma perspectiva ao meu redor, o melhor era olhar para cima. Meu lugar na sociedade era nos fundos. Aqui a vida não oferecia nada além de sordidez e miséria, tanto ao corpo como ao espírito. Por aqui corpo e espírito estavam famintos e atormentados.

Acima de mim se erguia o colossal edifício da sociedade, e para minha mente a única saída era para cima. Dentro deste edifício logo resolvi subir. Lá em cima, os homens vestiam ternos pretos e camisas engomadas e as mulheres usavam vestidos lindos. Havia também coisas boas para comer e havia fartura. Abundância para o corpo. Depois havia as coisas do espírito. Acima de mim, eu sabia, havia despojamento do espírito, pensamentos puros e nobres e uma vida intelectual intensa. Eu conhecia tudo isto porque lera romances na Biblioteca Seaside, nos quais, com exceção dos vilões e aventureiros, todos os homens e mulheres tinham pensamentos lindos, falavam uma linguagem bonita e realizavam ações generosas. Em

---
* Tradução de Nelson Jobim

resumo, assim como eu aceitava o nascer do sol, aceitava que acima de mim estava tudo o que era fino, nobre e gracioso, tudo o que dava decência e dignidade à vida, tudo o que faz a vida valer a pena e recompensa um homem por seu sofrimento e esforço.

Mas não é particularmente fácil para um homem ascender e sair da classe trabalhadora – especialmente se ele está tomado por ambições e ideais. Eu vivia num rancho na Califórnia, e era duro descobrir o caminho por onde subir. Cedo indaguei qual a taxa de juros do dinheiro aplicado, e preocupava meu cérebro de criança com a compreensão das virtudes e excelências desta notável invenção do homem, os juros compostos. Mais adiante, conheci os níveis correntes de salário para trabalhadores de todas as idades e o custo de vida. A partir de todos estes dados, concluí que se começasse imediatamente, trabalhasse e poupasse até os cinqüenta anos poderia então parar de trabalhar e desfrutar uma pequena porção das delícias e maravilhas que estariam a meu alcance um pouco acima na sociedade. É claro, decidi resolutamente não casar, enquanto esquecia inteiramente de considerar esta grande causa da catástrofe no universo da classe trabalhadora – a doença.

Mas a vida que havia em mim exigia mais que uma pobre existência de restos e de escassez. Aos dez anos de idade, tornei-me um jornaleiro nas ruas da cidade e descobri a mim mesmo com uma nova perspectiva. Tudo ao meu redor possuía ainda a mesma sordidez e desgraça, e acima de mim ainda estava o mesmo paraíso esperando para ser conquistado; mas o caminho para subir era um caminho diferente. Era agora o mundo dos negócios. Por que poupar meus ganhos e investir em papéis do governo quando, comprando dois jornais por cinco centavos, num piscar de olhos eu podia vendê-los por dez centavos e dobrar meu capital? O mundo dos negócios era para mim o meio de subir na vida, e eu tinha a visão de mim mesmo como negociante, careta e bem-sucedido.

Ai das visões! Quando tinha dezesseis anos fui apelidado de "príncipe". Mas este título me foi dado por uma gang de assassinos e ladrões, por quem eu era chamado "O Príncipe dos Piratas de Água Doce". Naquele tempo eu havia subido o primeiro degrau no mundo dos negócios. Era um capitalista. Possuía um barco e uma tripulação completa de piratas de água doce. Eu tinha começado a explorar meus semelhantes. Tinha uma equipe sob comando de um só homem. Como capitão e dono, ficava com dois terços da grana e dava à tripulação um terço, embora eles trabalhassem tão duro quanto eu e arriscassem tanto quanto eu suas vidas e sua liberdade.

Este degrau foi o máximo que eu subi no mundo dos negócios. Uma noite, participei de um assalto a pescadores chineses. Suas linhas e redes valiam dólares e centavos. Era um roubo, eu admitia, mas era este precisamente o espírito do capitalismo. O capitalismo toma os bens de seus semelhantes a título de reembolso, ou traindo a confiança ou comprando senadores e juízes de tribunais superiores. Eu era simplesmente grosseiro. Essa era a única diferença. Eu usava um revólver.

Mas meu grupo esta noite agiu como um daqueles incompetentes a quem o capitalista está acostumado a fulminar, porque, sem dúvida, estes incompetentes aumentam os custos e reduzem os lucros. Minha quadrilha fez as duas coisas. Com sua falta de cuidado, tocou fogo na grande vela principal e a destruiu totalmente. Não houve nenhum lucro naquela noite, e os pescadores chineses ficaram mais ricos pelas redes e linhas que não pagamos. Eu estava arruinado, sem condições sequer de pagar sessenta e cinco dólares por uma nova vela principal. Deixei meu barco ancorado e saí num barco de piratas da baía numa viagem de saques subindo o Rio Sacramento. Enquanto estava fora nesta viagem, outro bando de piratas da baía saqueou meu barco. Eles roubaram tudo, até mesmo as âncoras; e mais tarde, quando recuperei o casco abandonado, vendi-o por vinte dólares. Tinha escorregado de volta o primeiro degrau que havia subido, e nunca mais tentei o caminho dos negócios.

Desde então fui implacavelmente explorado por outros capitalistas. Eu tinha força física, e eles faziam dinheiro com isso enquanto que, apesar do meu esforço, eu levava uma vida verdadeiramente indiferente. Fui marinheiro, estivador e grumete. Trabalhei em fábricas de enlatados, indústrias e lavanderias. Cortei grama, limpei tapetes e lavei janelas. E não ganhava nunca o produto inteiro do meu trabalho. Eu olhava para a filha do dono da fábrica de enlatados, em sua carruagem, e sabia que eram meus músculos que ajudavam a empurrar aquela carruagem sobre seus pneus de borracha. Eu via o filho do industrial indo para a escola e sabia que era minha força que ajudava, em parte, a pagar o vinho e as boas amizades de que desfrutava.

Mas não ficava ressentido com isso. Eu estava

por inteiro no jogo. Eles eram a força. Muito bem, eu era forte. Podia cavar meu caminho até um lugar entre eles e fazer dinheiro com a força de outros homens. Eu não tinha medo do trabalho. Amava o trabalho duro. Gostaria de me entregar ao trabalho, trabalhar mais do que nunca e eventualmente me tornar um pilar da sociedade.

E justo aí, com a sorte que gostaria de ter, descobri um patrão com a mesma mentalidade. Eu estava querendo trabalhar, e ele estava mais que querendo que eu trabalhasse. Pensei que estava aprendendo um ofício. Na realidade, eu havia substituído dois homens. Pensei que ele estava fazendo de mim um eletricista; de fato, comigo ele estava ganhando cinqüenta dólares a mais por mês. Os dois homens que eu tinha substituído estavam recebendo quarenta dólares por mês cada um; eu fazia o trabalho dos dois por trinta dólares.

Este patrão me fez trabalhar até a morte. Um homem pode adorar ostras, mas ostras demais vão deixá-lo enfastiado com a dieta. E assim foi comigo. O excesso de trabalho me deixou doente. Eu não queria mais ver trabalho. Abandonei o emprego. Me tornei um vagabundo, mendigando de porta em porta, perambulando pelos Estados Unidos e suando sangue em favelas e prisões.

Eu tinha nascido na classe operária, e estava agora, aos dezoito anos, abaixo do ponto no qual tinha começado. Estava caído nos porões da sociedade, jogado no profundo subterrâneo da miséria a respeito do qual não é agradável nem digno falar: eu estava no fosso, no abismo, no esgoto humano, no matadouro, na capela mortuária da nossa civilização. Esta é a parte do edifício social que a sociedade prefere esquecer. A falta de espaço me leva aqui a ignorá-la, e eu devo dizer apenas que as coisas que vi lá me deram um medo terrível.

Eu estava apavorado até a alma. Eu vi as nuas simplicidades da complicada civilização na qual vivia. A vida era uma questão de abrigo e comida. Para conseguir abrigo e comida os homens vendem coisas. O comerciante vende seus sapatos, o político vende seu humanismo e o representante do povo, com exceções, é claro, vende sua credibilidade; enquanto quase todos vendem sua honra. As mulheres também, nas ruas ou na sagrada relação do casamento, estão prontas a vender seus corpos. Todas as coisas são mercadorias, todas as pessoas compradas e vendidas. A primeira coisa que o trabalhador tinha para vender era a força física. A honra do operariado não tinha preço no mercado. O operariado tinha músculos e somente músculos para vender.

Mas havia uma diferença, uma diferença vital. Sapatos, credibilidade e honra têm maneiras de renovar a si mesmos. Eram estoques imperecíveis. Os músculos, de outra parte, não se renovavam. Quando um comerciante vende seus sapatos, continuamente repõe o estoque. Mas não há como repor o estoque de energia do trabalhador. Quanto mais ele vende sua força, menos sobra para ele. A força física é sua única mercadoria, e a cada dia seu estoque diminui. No fim, se não morrer antes, ele vendeu tudo e fechou as portas. Está arruinado fisicamente e nada lhe restou senão descer aos porões da sociedade e morrer miseravelmente.

Eu aprendi, além disso, que o cérebro era da mesma forma uma mercadoria. Ele também era diferente dos músculos. Um vendedor do cérebro está apenas no começo quando tem cinqüenta ou sessenta anos e seus produtos estão atingindo preços mais altos do que nunca. Mas um operário está esgotado e alquebrado com quarenta e cinco ou cinqüenta anos. Eu tinha estado nos porões da sociedade e não gostava do lugar como morada. Os canos e bueiros eram insanos, e o ar ruim para respirar. Se eu não podia morar no andar de luxo da sociedade, podia pelo menos, tentar o *sótão*. Ele existia, a dieta lá era escassa, mas o ar pelo menos era puro. Assim, resolvi não vender mais meus músculos e me tornar um vendedor de cérebro.

Começou então uma frenética perseguição ao conhecimento. Voltei para a Califórnia e mergulhei nos livros. Enquanto me preparava para ser um mercador da inteligência, era inevitável que deveria me aprofundar em Sociologia. Lá, eu descobri, num certo tipo de livros, formulados cientificamente, os conceitos sociológicos simples que eu tinha tentado descobrir por mim mesmo. Outras grandes mentes, antes que eu tivesse nascido, tinham elaborado tudo que eu havia pensado e muitas coisas mais. Eu descobri que era um socialista.

Os socialistas eram revolucionários, porque lutavam para derrubar a sociedade do presente e tirar dela o material para construir a sociedade do futuro. Eu, também, era um socialista e revolucionário. Me liguei a grupos de trabalhadores e intelectuais revolucionários, e pela primeira vez entrei na vida intelectual. Aí descobri mentes aguçadas e cabeças brilhantes. Por aqui encontrei cérebros fortes e atentos, além de trabalhadores calejados; pregadores de mente muito aberta em seu Cristianismo para pertencer a qualquer congregação de adoradores do dinheiro; professores torturados na roda da subserviência universitária à classe dominante e dispensados porque eram ágeis com o conhecimento que se esforçavam por aplicar às questões maiores da Humanidade.

Aqui descobri, também, uma fé calorosa no ser humano, um idealismo apaixonante, a suavidade do despojamento, renúncia e martírio – todas as esplêndidas e comoventes qualidades do espírito. Aqui a vida era honesta, nobre e intensa. Aqui a vida se reabilitava, tornava-se maravilhosa: e eu estava alegre por estar vivo. Eu mantinha contato com grandes almas que colocavam o corpo e o espírito acima de dólares e centavos, e para quem o gemido fraco de famintas crianças das favelas vale mais do que toda a pompa e circunstância da expansão do comércio e do império mundial. Tudo à minha volta era nobreza de propósitos e heroísmo de esforço, e meus dias e noites eram de sol e estrelas brilhantes, tudo calor e frescor, como o Santo Gral, o próprio Gral de Cristo, o ser humano quente, conformado e maltratado, mas pronto para ser resgatado e salvo no final, sempre ardente e resplandecente, diante dos meus olhos.

E eu, pobre tolo eu, julgava ser aquilo apenas uma amostra das delícias de viver que eu deveria descobrir acima de mim na sociedade. Tinha perdido muitas ilusões desde os dias em que lera os romances da Biblioteca Seaside no rancho da Califórnia. E estava destinado a perder muitas das ilusões que ainda retinha.

Como mercador da inteligência, fui um sucesso. A sociedade abriu seus portais para mim. Entrei direto no andar de luxo e meu desencantamento foi rápido. Sentei para jantar com os senhores da sociedade; e com as esposas e mulheres dos donos da sociedade. As mulheres se vestiam muito bem, admito; mas para minha ingênua surpresa percebi que elas eram feitas do mesmo barro que todas as outras mulheres que eu tinha conhecido lá embaixo nos porões. A senhora do coronel e Judy O'Grady eram irmãs debaixo de suas peles – e vestidos.

Não foi isto, porém, tanto quanto seu materialismo, o que mais me chocou. É verdade, estas mulheres lindas ricamente vestidas tagarelavam sobre singelos ideais e pequenos moralismos; mas, ao contrário de sua conversa mole, a chave dominante da vida que levavam era materialista. E como elas eram egoístas sentimentalmente. Contribuíam em todas as formas de pequenas caridades e se informavam sobre a realidade, enquanto todo o tempo os alimentos que comiam e as belas roupas que vestiam eram compradas com os lucros manchados pelo sangue do trabalho infantil, do trabalho exaustivo e mesmo da prostituição. Quando mencionei tais fatos, esperando em minha inocência que aquelas irmãs de Judy O'Grady arrancassem fora de uma vez suas sedas e jóias tingidas de sangue, elas ficaram furiosas e excitadas, e leram para mim pregações sobre o desperdício, a bebida e a depravação inata que causavam toda a miséria nos porões da sociedade. Quando falei que não podia perceber bem como era a falta de economia, a intemperança e a depravação de crianças quase famintas de seis anos que as fazia trabalhar doze horas por noite numa fiação de algodão sulista, aquelas irmãs de Judy O'Grady atacaram minha vida pessoal e me chamaram de "agitador" – embora isto, na verdade, reforçasse meus argumentos.

Não me dei melhor com os senhores da sociedade. Esperava encontrar homens honestos, nobres e vivos cujos ideais fossem honestos, nobres e vivos. Andei com homens que estavam nos lugares mais altos – os pregadores, os políticos, os homens de negócios, professores e editores. Comi carne com eles, tomei vinho com eles, andei de automóvel com eles e estudei com eles. É verdade, encontrei muitos que eram honestos e nobres; mas, com raras exceções, não estavam vivos. Realmente acredito que poderia contar as exceções com os dedos das minhas mãos. Quando eles não estavam mortos pela podridão moral, atolados na vida suja, eram apenas a morte insepulta – como múmias bem preservadas, mas não vivas. Neste sentido, poderia especialmente citar professores que conheci, homens que vivem de acordo com o decadente ideal universitário, "a perseguição sem paixão da inteligência sem paixão".

Conheci homens que invocavam o nome do Príncipe da Paz em seus discursos contra a guerra e que botaram nas mãos dos Pinkertons rifles que abateram grevistas em suas próprias fábricas. Encontrei homens incoerentes indignados com a brutalidade de lutas de boxe e pugilismo, e que, ao mesmo tempo, participavam da adulteração de alimentos que a cada ano mata mais bebês do que qualquer Herodes de mãos rubras jamais havia matado.

Em hotéis, clubes, casas e vagões de luxo, em cadeiras de navios a vapor conversei com capitães de indústria e me espantou como eles eram pouco viajados nos domínios do intelecto. Por outro lado, descobri que sua inteligência para negócios era excepcionalmente desenvolvida. Descobri também que sua moralidade, quando há negócios envolvidos, nada vale.

O delicado, destacado e aristocrático cavalheiro era um testa-de-ferro de corporações que secretamente roubavam viúvas e órgãos. Este cavalheiro, que colecionava edições de luxo e era patrocinador especial da literatura, pagou chantagem a um chefão político de queixo duro e sobrancelhas escuras da máquina municipal. Este editor, que publicou propaganda de medicamentos licenciados e não ousou divulgar a verdade em seu jornal sobre os mesmos medicamentos, com medo de perder o anunciante, me chamou de canalha demagogo porque lhe disse que sua economia política era antiquada e sua biologia, contemporânea de Plínio.

Este senador foi a ferramenta e o escravo, o pequeno fantoche de uma máquina indecente e ignorante de algum chefão político; assim eram o governador e seu juiz no Tribunal de Justiça; e todos os três tinham passes para viajar de graça na estrada de ferro. Este homem, falando seriamente sobre as belezas do idealismo e a bondade de Deus, tinha recém-traído seus camaradas numa questão de negócios. Este homem, pilar da igreja e grande contribuinte de missões no exterior, obrigava as garotas de suas lojas a trabalhar dez horas por dia por um salário de fome e portanto encorajava diretamente a prostituição. Este homem, que dá dinheiro à universidade, comete perjúrio em tribunais por causas de dólares e centavos. E o grande magnata da estrada de ferro quebrou sua palavra de cavalheiro e cristão quando admitiu abatimentos secretos para um dos dois capitães de indústria empenhados numa luta de morte.

Era o mesmo em todo lugar, crime e traição, traição e crime – homens que estavam vivos não eram honestos nem nobres; homens que eram honestos e nobres não estavam vivos. Então havia uma grande massa sem esperanças, nem nobre nem viva, mas simplesmente honesta. Ela não podia errar positiva ou deliberadamente; mas errava de maneira passiva e ignorante ao concordar com a imoralidade generalizada e os lucros que ela produz. Se fosse nobre e viva, não seria ignorante, e teria se recusado a dividir os lucros do crime e da traição.

Percebi que não gostava de viver no andar de luxo da sociedade. Intelectualmente era aborrecido. Moralmente e espiritualmente, eu estava doente. Eu lembrava meus intelectuais e idealistas, meus pregadores sem hábito, professores desempregados e trabalhadores honestos com consciência de classe. Lembrava meus dias e noites de sol e estrelas brilhando, quando a vida era uma maravilha doce e selvagem, um paraíso espiritual de aventuras não-egoístas e um romance ético. E diante de mim, sempre resplandecente e excitante, eu vislumbrava o Sagrado.

Então, voltei à classe operária, na qual havia nascido e à qual pertencia. Não me preocupava mais em subir. O imponente edifício da sociedade não guarda delícias para mim acima da minha cabeça. São os alicerces do edifício que me interessam. Lá, eu estou contente de trabalhar, de ferramenta na mão, ombro a ombro com intelectuais, idealistas e operários com consciência de classe, reunindo uma força sólida agora para mais uma vez pôr o edifício inteiro a balançar. Algum dia, quando tivermos poucas mãos e alavancas a mais para trabalhar, vamos derrubá-lo, com toda sua vida em putrefação e sua morte insepulta, seu egoísmo monstruoso e seu materialismo estúpido. Então vamos limpar os porões e construir uma nova moradia para a espécie humana, onde não haverá andar de luxo, na qual todos os quartos serão claros e arejados, e onde o ar para respirar será limpo, nobre e vivo.

Esta é a minha perspectiva. Vejo à frente um tempo em que o homem deverá progredir em direção a alguma coisa mais valiosa e mais elevada que seu estômago, quando haverá maiores estímulos para levar os homens à ação que o incentivo de hoje, que é o incentivo do estômago. Conservo minha crença na nobreza e excelência da Humanidade. Acredito que a doçura e o despojamento espiritual vão superar a gula grosseira dos dias de hoje. E, no fim de tudo, minha fé está na classe trabalhadora. Como tem dito um francês: "A escada do tempo está sempre ecoando com um tamanco subindo e uma bota polida descendo".

Newton Iowa
Novembro de 1905

OS MASCOTES DE MIDAS

Wade Atsheler está morto – morreu por suas próprias mãos. Dizer que isso foi inteiramente inesperado para o pequeno círculo de amigos que o conhecia seria dizer uma mentira, mas apesar disso nem uma só vez sequer tínhamos nós, os mais íntimos, ventilado tal idéia. Na verdade, tínhamos estado preparados para isso de alguma obscura maneira inconsciente. Antes da perpetração do ato, sua possibilidade estava muito afastada dos nossos pensamentos; mas quando soubemos de fato que havia morrido, pareceu-nos, de algum modo, que já tínhamos compreendido e esperado por isso todo o tempo. O que, ao pensar retrospectivamente, podíamos facilmente explicar em razão do seu imenso problema. Digo "imenso problema" de propósito. Jovem, de boa aparência, o cargo assegurado como o braço direito de Eben Hale, o grande magnata dos transportes urbanos, não poderia ter motivo de se lamentar dos favores da sorte. E mesmo assim tínhamos visto o seu cenho sereno engrouvinhar-se e contrair-se como se sob o peso de uma terrível angústia ou um remorso devorador. Tínhamos observado seu forte e negro cabelo esmaecer e embranquecer-se como grãos verdes sob céus amarelados e tostando-se secos. Quem pode esquecer, no meio das cenas hilariantes a que no fim ele cada vez com maior e mais avidez se entregava –

quem pode esquecer, repito, as profundas abstrações e os negros humores aos quais se abandonava? Em tais momentos, quando as brincadeiras reinavam, a alegria e a diversão chegavam ao auge, de repente, sem razão alguma, seus olhos perdiam o brilho, seu cenho se enrugava como se, de mãos amarradas e a cara entrecortada por espasmos de dor e angústia, ele lutasse à beira do abismo com algum inimigo desconhecido.

    Ele jamais mencionou seu problema, nem éramos nós indiscretos o suficiente para lhe perguntar. Mas dava no mesmo; pois mesmo que tivéssemos perguntado e ele respondido, nossa força e nosso empenho não teriam lhe servido de nada. Quando Eben Hale – de quem ele era o secretário de confiança, ou melhor, quase filho adotivo e sócio integral nos negócios – morreu, ele não se aproximou mais de nós. Não, como sei agora, que nossa companhia lhe fosse desagradável, mas porque seu problema se avolumara de tal modo que ele não podia mais corresponder à nossa felicidade nem sentir alívio conosco. Na época, nós não tivemos condições de compreender isso, pois só quando o testamento de Eben Hale foi tornado público o mundo tomou conhecimento de que ele era o único herdeiro dos muitos milhões de seu patrão e que foi expressamente dito que essa grande herança lhe era dada sem restrições, empecilhos ou impedimentos em seu usufruto dali por diante. Nem uma parcela das ações, nem um centavo em dinheiro foi legado aos familiares do morto. No que diz respeito à sua família imediata, uma cláusula espantosa declarava abertamente que Wade Atsheler deveria conceder à esposa, filhos e filhas de Eben Hale a quantia que sua consciência julgasse conveniente, e somente quando julgasse aconselhável. Tivessem havido muitos escândalos na família do morto, ou seus filhos sido rebeldes e indisciplinados, então teria sido possível vislumbrar o motivo para um procedimento tão incomum; mas a felicidade doméstica de Eben Hale era já proverbial na comunidade, e se teria que viajar muitos e muitos quilômetros para descobrir uma prole de filhos e filhas mais sadia, mais sóbria e mais íntegra. E sua esposa – bem, para os que a conheciam melhor, ela era chamada carinhosamente "A Mãe dos Gracos", desnecessário dizer que este incompreensível testamento foi uma maravilha de breve duração, o público ansioso logo ficou desapontado ao notar que nenhuma contestação foi feita.

Foi apenas no outro dia que Eben Hale foi depositado em seu sólido mausoléu de mármore. E agora Wade Atsheler morreu. A notícia está impressa no jornal desta manhã. Acabei de receber pelo correio uma carta sua, enviada, evidentemente, apenas poucos minutos antes de arremessar-se para a eternidade. Esta carta, que está aqui à minha frente, é um relato de seu próprio punho, unindo vários recortes de jornal e facsímiles de cartas. A correspondência original, ele me disse, está em mãos da polícia. Implorou-me, também, para alertar a sociedade contra um apavorante e diabólico inimigo que põe em risco sua própria existência, tornando pública a horrível série de tragédias nas quais ele esteve inocentemente envolvido. Eis aqui o texto na íntegra:

Foi em agosto de 1899, logo após minha volta das férias de verão, que veio o golpe. Nós não o soubemos na época; ainda não estávamos preparados para tão terrível possibilidade. O Sr. Hale abriu a carta, leu-a e jogou-a sobre a minha escrivaninha com uma risada. Depois de ter-lhe dado uma olhada, eu também ri, dizendo – "Algum teste idiota, Sr. Hale, e de péssimo gosto." Você encontrará aqui, querido John, uma duplicata exata da carta em questão.

Escritório dos M. de M.,
17 de Agosto de 1899.

Sr. Eben Hale, Barão do Dinheiro:

Caro Senhor – Desejamos que o senhor liquide a porção dos seus vastos bens que for necessária para obter a quantia de vinte milhões de dólares, *em dinheiro.* Esta soma exigimos que o senhor nos pague, a nós ou a nossos agentes. O senhor está percebendo que não especificamos nenhum prazo; pois não é nossa intenção apressá-lo neste assunto. O senhor pode até, se lhe for mais conveniente, pagar-nos em dez, quinze, ou vinte parcelas; mas nós não aceitaremos nenhuma parcela de menos de um milhão.

Acredite-nos, caro Sr. Hale, quando afirmamos que optamos por esta diretriz de ação inteiramente destituídos de rancor. Nós somos membros daquele proletariado intelectual cujos números sempre crescentes vêm assinalando em letras vermelhas os últimos dias do século dezenove. Nós decidimos, após um estudo completo de economia, ingressar neste ramo de negócios. Possui muitas vantagens, entre as quais, podemos dizer, a que nos permite entrar em grandes e lucrativas operações sem capital. Até a presente data, temos sido bem sucedidos, e esperamos que nosso trato com o senhor possa ser agradável e satisfatório.

Pedimos sua atenção para que apresentemos nossos pontos de vista mais detalhadamente. Na base do presente sistema social, pode ser encontrado o direito de propriedade. E este direito de propriedade do indivíduo foi demonstrado, em última análise, repousar única e inteiramente no *poder*. Os cavaleiros armados de Guilherme, o Conquistador, dividiram e dominaram entre si a Inglaterra, à força da espada nua. Isto, estamos certos de que o senhor concordará, vale para todas as propriedades feudais. Com a invenção da máquina a vapor e o advento da Revolução Industrial, passou a existir a Classe Capitalista, no sentido moderno da palavra. Estes capitalistas logo triunfaram sobre a antiga nobreza. Os capitães de indústria despojaram, virtualmente, os herdeiros dos capitães de guerra. A mente e não o músculo vence hoje a corrida pela existência. Mas este estado de coisas está, do mesmo modo, baseado no poder. A mudança foi qualitativa. A antiga baronagem feudal dos velhos tempos assolava o mundo com o fogo e a espada; a atual baronagem do capital explora o mundo através do domínio e do controle das forças econômicas do mundo. O cérebro, e não o bíceps, nos mantém vivos, e os mais aptos a sobreviver são os intelectualmente e comercialmente poderosos.

Nós, os M. de M., não estamos dispostos a nos tornar escravos das rendas e dos salários. Os grandes trustes e corporações financeiras (com os quais o senhor tem seus negócios) impedem-nos de subir ao lugar que nossos intelectos nos qualificam a ocupar. Por quê? Porque não temos capital. Nós somos parte da escória, mas com esta diferença: nossos cérebros são dos melhores, e não possuímos nenhum estúpido escrúpulo ético ou social. Como escravos dos salários, suando dia e noite, e vivendo como abstêmios, não poderíamos arrecadar nem em sessenta anos – nem em vinte vezes sessenta anos – uma soma de dinheiro suficiente o bastante para competirmos com as grandes agregações de capital maciço que agora existem. Assim mesmo, entramos na arena. E agora lançamos o desafio ao capital do mundo. Quer deseje ou não, será obrigado a lutar.

Sr. Hale, nossos interesses nos impelem a exigir do senhor vinte milhões de dólares. Embora sejamos compreensivos o suficiente para dar-lhe tempo razoável para encarregar-se de sua parte da transação, por favor, não a adie demasiado. Quando tiver concordado com nossos termos, mande publicar uma nota conveniente na seção de "anúncios fúnebres" do *Morning Blazer*. Então lhe informaremos sobre o nosso plano para a transferência da mencionada soma. Aconselhamos o senhor a assim proceder algum tempo antes de 1º de outubro. Se isto não ocorrer, nessa data mataremos um homem na Rua Trinta e Nove Leste, de modo a provar-lhe que estamos sendo sinceros. Será um trabalhador. Esse homem o senhor não o conhece, nós tampouco. O senhor representa uma força da sociedade moderna; nós também representamos uma força – uma nova força. Despojados de raiva ou más intenções, nós entramos na guerra. Como o senhor prontamente compreenderá, somos simplesmente uma proposta de negócio. O senhor é a pedra de cima e nós a pedra de baixo do moinho; a vida desse homem vai ser esmagada entre ambas. O senhor pode salvá-lo se concordar com nossas condições e agir a tempo.

Houve uma vez um rei amaldiçoado com um toque de ouro. O seu nome tomamos devidamente para nosso emblema. Algum dia, para proteger-nos dos imitadores, nós o patentearemos.

Nós somos
Os Mascotes de Midas

Pergunto a você, caro John: por que não deveríamos rir ante tão absurda comunicação? A idéia, tínhamos que admitir, fora bem concebida, mas era também grotesca demais para ser levada a sério. O senhor Hale disse que a preservaria como uma curiosidade literária e enfiou-a no fundo de uma gaveta da escrivaninha. Instantaneamente esquecemos de sua existência. E instantaneamente, no 1º de outubro, passando em revista a correspondência matutina, encontramos o seguinte:

Escritório dos M. de M.
1.º de outubro de 1899

Sr. Eben Hale, Barão do Dinheiro:

Caro Senhor – Sua vítima encontrou seu destino. Há uma hora atrás, na rua Trinta e Nove Leste, uma faca atravessou o coração de um trabalhador. Antes de ler esta nota, o seu corpo estará exposto no necrotério. Vá e dê uma olhada no seu trabalho.

Em 14 de Outubro, no caso do senhor não ter manifestado sua decisão, e como prova de nossa sinceridade neste assunto, nós mataremos um policial na esquina da rua Polk com a Avenida Clermont ou nas suas vizinhanças.

Bastante cordialmente,
Os Mascotes de Midas

Ainda esta vez o Senhor Hale riu. Seus pensamentos estavam voltados para um possível contato com um sindicato de Chicago para a venda de todos os seus bondes naquela cidade, e assim ele continuou a ditar para a estenógrafa, sem pensar mais no assunto. Mas de algum modo, não sei por que, um profundo desânimo tomou conta de mim. E se não fosse uma brincadeira, perguntei a mim mesmo, e voltei-me involuntariamente para o jornal da manhã. Lá estavam, como convinha a um desconhecido trabalhador, meia dúzia de linhas imprensadas num canto, ao lado de um anúncio de uma patente medicinal.

"Pouco depois das cinco horas, esta manhã, na Rua Trinta e Nove Leste, um trabalhador de nome Pete Lascalle, a caminho do trabalho, foi atingido no coração por um assaltante desconhecido que fugiu correndo. A polícia, até agora, foi incapaz de descobrir qualquer motivo para o assassinato."

"Impossível!", foi o comentário do senhor Hale quando acabei de ler essas linhas em voz alta; mas o fato, evidentemente, penetrou seus pensamentos, pois no fim da tarde, após vários epítetos denunciadores de sua preocupação, pediu-me para informar a polícia a respeito. Tive o prazer de ser motivo particular de riso no gabinete do Inspetor, embora tenha saído de lá com a garantia de que dariam atenção ao assunto e que as vizinhanças da Polk com Clermont seriam duplamente vigiadas na mencionada noite. E assim ficou até que as duas semanas se passaram, quando então a seguinte nota chegou pelo correio:

Escritório dos M. de M.
15 de Outubro de 1899

Sr. Eben Hale, Barão do Dinheiro:

Caro Senhor – Sua segunda vítima caiu no tempo previsto. Não temos pressa; mas para aumentar a pressão passaremos a partir de agora a matar semanalmente. E para proteger-nos contra a interferência policial, de agora em diante comunicaremos nossa intenção pouco antes ou simultaneamente ao ato. Esperando que esta hoje o encontre em boa saúde,

Nós somos,
Os Mascotes de Midas

Desta vez o Sr. Hale tomou o jornal e, após uma rápida revista, leu para mim a notícia:

UM CRIME REVOLTANTE

"Joseph Donahus, designado ontem à noite para uma missão de patrulha especial na Décima Primeira Zona, foi atingido à meia-noite por um tiro no cérebro e morreu instantaneamente. A tragédia se desenrolou em plena luz da rua na esquina da rua Polk com a avenida Clermont. Nossa sociedade torna-se de fato desequilibrada quando os protetores da paz são assim bárbara e abertamente assassinados. A polícia até agora foi incapaz de conseguir a menor pista."

Mal tinha acabado de ler, quando a polícia se apresentou – o Inspetor em pessoa e dois dos seus mais hábeis detetives. A preocupação se alastrava em seus rostos e era visível que estavam seriamente perturbados. Embora os fatos fossem poucos e simples, conversamos durante muito tempo, revisando o assunto várias vezes. Quando o Inspetor se retirou, ele nos assegurou confidencialmente de que tudo seria logo descoberto e que os assassinos pagariam por seus crimes. Nesse ínterim, ele achou melhor destacar alguns homens para a proteção do senhor Hale e a minha, e outros mais para ficarem constantemente de alerta ao redor da casa e dos jardins. Após um intervalo de uma semana, a uma hora da tarde, recebemos este telegrama:

Escritório dos M. de M.
21 de Outubro de 1899

Sr. Eben Hale, Barão do Dinheiro:

Caro Senhor – Ficamos desolados ao perceber quão erroneamente o senhor nos interpretou. Considerou apropriado cercar a sua casa e a sua pessoa com guardas armados, como se fôssemos criminosos comuns, prestes a atacá-lo e sacar à força os seus vinte milhões. Acredite-nos, está muito distante de nossos interesses.

O senhor prontamente compreenderá, depois de pensar um pouco mais seriamente, que a sua vida é preciosa para nós. Não tema. Nós não o machucaremos por nada neste mundo. É nossa política estimulá-lo ternamente e protegê-lo de todo o perigo. A sua morte não significa nada para nós. Se fosse o contrário, esteja certo de que não hesitaríamos um segundo em destruí-lo. Pense sobre isso, Sr. Hale. Quando o senhor tiver pago nosso preço, será necessário apertar os cintos. Dispense os seus guardas agora e diminua suas despesas.

Dez minutos após ter recebido esta carta uma babá de crianças terá sido asfixiada até a morte no Parque Brentwood. O corpo poderá ser encontrado no arbusto ao lado da alameda que sai à esquerda do coreto de música.

Cordialmente,
Os Mascotes de Midas

No instante seguinte o Sr. Hale estava no telefone, avisando o Inspetor do assassinato iminente. O Inspetor pediu licença para desligar, chamou o Posto Policial e despachou seus homens ao local. Quinze minutos depois, ligou para nos informar que o corpo fora encontrado, ainda morno, no lugar indicado. Naquela noite, os jornais pululavam em títulos escandalosos a respeito de Jack O Estrangulador, denunciando a brutalidade do ocorrido e lamentando sobre a negligência das forças policiais. Reunimo-nos secretamente com o Inspetor, que implorou-nos de todas as maneiras para manter o assunto em segredo. O sucesso da ação, dizia ele, dependia do nosso silêncio.

Como é do seu conhecimento, John, o Sr. Hale era um homem de ferro. Recusava-se terminantemente a se render. Mas aí, John, era terrível, não, horrível – essa coisa medonha, essa força cega na escuridão. E nós não podíamos lutar, não podíamos planejar, não podíamos fazer nada a não ser cruzar as mãos e esperar. E semana após semana, tão certo como o nascer do Sol, chegavam o aviso e a morte de alguma pessoa, homens e mulheres sem qualquer culpa, mortos como se os tivéssemos assassinado com nossas próprias mãos. Uma palavra do Senhor Hale e a matança teria cessado. Mas ele endurecia o coração e esperava, as rugas se aprofundando, a boca e os olhos rígidos como pedras e o semblante envelhecendo com as horas. É inútil falar do meu próprio sofrimento durante esse período assustador. Aqui você encontrará as cartas e os telegramas dos M. de M. e as notícias nos jornais das várias mortes.

Você também encontrará algumas cartas alertando o Senhor Hale de certas maquinações de inimigos comerciais e maquinações secretas com ações. Os M. de M. pareciam ter suas mãos nas veias do mundo e do mercado financeiro. Eles estavam de posse e nos adiantavam informações que os nossos melhores agentes não podiam obter. Um aviso deles chegado a tempo, num momento crítico de um certo contrato, economizou cinco milhões ao Senhor Hale. Uma outra vez eles enviaram um telegrama que possivelmente foi o meio de prevenir que uma rebelião anarquista tirasse a vida de meu patrão. Nós capturamos o homem na sua chegada e o entregamos à polícia, que encontrou consigo um novo e poderoso explosivo em quantidade suficiente para afundar um navio de guerra.

Nós persistimos. O Sr. Hale estava decidido a ir até o fim. Ele desembolsava em torno de cem mil dólares por semana para o serviço secreto. A ajuda dos Pinkertons e de infinitas agências de detetives particulares foi requerida e foram também incluídos em nossa lista de pagamento. Nossos homens vasculhavam todos os lugares, sob todos os disfarces, penetrando todas as classes sociais. Esbarraram em milhares de pistas, centenas de suspeitos foram presos, e, em alguns momentos, milhares de pessoas suspeitas viviam sob vigilância, mas nada de palpável veio à luz. Quanto às suas notas, os M. de M. mudavam continuamente de tática. Cada mensageiro que nos enviaram foi preso. Mas estes provaram ser, inevitavelmente, indivíduos inocentes, enquanto as suas descrições das pessoas que os tinham contratado nunca concordavam. No último dia de dezembro, recebemos este aviso:

Escritório dos M. de M.,
31 de Dezembro de 1899

Sr. Eben Hale, Barão do Dinheiro:

Caro Senhor – Prosseguindo nossa política, com a qual o senhor já está bem familiarizado, o que é motivo de orgulho para nós, pedimos licença para informar que daremos um passaporte para fora deste Vale de Lágrimas ao Inspetor Bing, de quem o senhor se tornou, em virtude de nossas atenções, tão íntimo. É seu costume estar no seu gabinete particular a esta hora. Enquanto o senhor lê esta nota, ele está exalando seu último suspiro.

Cordialmente,
Os Mascotes de Midas

Deixei cair a carta e lancei-me ao telefone. Imenso foi o meu alívio quando ouvi a calorosa voz do Inspetor. Mas enquanto falava sua voz morreu ao telefone num gargarejo súbito, e eu ouvi vagamente o ruído de um corpo caindo. Aí, uma voz estranha me saudou, enviou os cumprimentos dos M. de M. e cortou a ligação. Como um raio liguei para a Central de Polícia dizendo-lhes para ir imediatamente em auxílio do Inspetor no seu gabinete particular. Mantive-me na linha e alguns minutos mais tarde recebi a notícia de que ele fora encontrado banhado no seu próprio sangue, exalando seu último suspiro. Não houvera testemunhas e nenhum rastro que levasse a descobrir o assassino.

Desse dia em diante, o Senhor Hale aumentou, imediatamente, o seu serviço secreto até que um quarto de milhão fluía semanalmente de seus cofres. Estava decidido a vencer. Suas recompensas juntas alcançavam mais de dez milhões. Você tem uma idéia clara dos seus fundos e pode ver de que maneira ele lançou mão delas. Era pelo princípio que lutava, não pelo outro. E deve-se admitir que a sua atitude provava a nobreza do seu motivo. Os departamentos de polícia de todas as grandes cidades cooperavam, até o governo dos Estados Unidos entrou na história e o assunto tornou-se um dos problemas prioritários da nação. Certas rendas contingentes do país foram devotadas ao desbaratamento dos M. M., e cada agente do governo estava alerta. Mas foi tudo em vão. Os Mascotes de Midas prosseguiam em seu trabalho maldito sem empecilhos. Tinham seu método e seguiam-no sem titubear.

Mas enquanto lutava com todas as suas forças, o Senhor Hale não conseguia lavar suas mãos do sangue que as tinha tingido. Embora não fosse um assassino, tecnicamente, embora júri algum formado por seus semelhantes o acusasse, a morte de cada indivíduo devia-se inevitavelmente a ele. Como eu disse antes, uma palavra sua e a matança teria cessado. Mas ele recusava-se a dar tal palavra. Insistia que a integridade da sociedade estava ameaçada: que ele não era suficientemente covarde para abandonar assim o seu posto; e que era declaradamente justo que uns poucos se martirizassem pelo bem-estar de muitos. Assim mesmo, esse sangue não saía de sua cabeça e ele mergulhava cada vez mais profundamente no desespero. Eu também me sentia esmagado com minha culpa de cúmplice. Recém-nascidos eram mortos sem piedade, crianças, homens de idade; e esses assassinatos já não eram apenas locais, mas espalhavam-se por todo o país. Uma noite, em meados de fevereiro, quando nos sentávamos na biblioteca, houve umas batidas rápidas na porta. Quando fui responder, encontrei, jogada no carpete do corredor, a seguinte missiva:

Escritório dos M. de M.
15 de fevereiro de 1900

Sr. Eben Hale, Barão do Dinheiro:

Caro Senhor – Sua alma então não chora ante esta colheita de sangue que está se processando? Talvez tenhamos sido abstratos demais no modo de conduzir nossos interesses. Sejamos então concretos. A senhorita Adelaide Laidlaw é uma jovem talentosa, tão talentosa, cremos, quanto bela. É a filha de seu velho amigo, o Juiz Laidlaw, e acontece que soubemos que o senhor a carregou nos braços quando era bebê. É a melhor amiga de sua filha, que no momento está visitando-a. Quando seus olhos tiverem lido esta nota sua visita estará terminada.

Muito cordialmente,
Os Mascotes de Midas

Deus! Percebemos instantaneamente a terrível implicação! Disparamos pelas salas – ela não estava lá – até o seu próprio quarto. A porta estava trancada, mas arremessamo-nos contra ela e pusêmo-la abaixo. Lá estava, deitada, como se tivesse acabado de se vestir para o teatro, amparada por travesseiros retirados do leito, o sopro de vida ainda ecoando, o corpo ainda flexível e quente. Deixe-me saltar o resto deste horror. Você certamente recordará, John, o noticiário dos jornais.

Mais tarde, naquela noite, o Senhor Hale convocou-me e, na presença de Deus, fez-me dar a palavra de honra de que eu permaneceria ao seu lado e não cederia, mesmo que todos os seus familiares fossem destruídos.

No dia seguinte, fiquei surpreso ao verificar o seu entusiasmo. Pensei que fosse estar profundamente chocado com esta última tragédia – quão profundamente eu iria logo descobrir. O dia inteiro esteve leve e bem-humorado, como se finalmente tivesse encontrado uma saída para a nossa terrível condição. Na manhã seguinte, encontramo-lo morto em sua cama, um pacífico sorriso no seu rosto carregado de preocupações – asfixia. Em conivência com a polícia e as autoridades, foi diagnosticado para o mundo como doença do coração. Julgamos oportuno não divulgar a verdade; mas nenhum auxílio coisa alguma nos trouxe.

Mal tinha eu saído daquela câmara de morte, quando – mas tarde demais – a seguinte carta extraordinária foi recebida:

Escritório dos M. de M.
17 de fevereiro de 1900

Sr. Eben Hale, Barão do Dinheiro:

Caro Senhor – Pedimos que nos perdoe a intrusão tão próxima no triste acontecimento de anteontem; mas o que queremos dizer pode ser da maior importância para o senhor. Ocorre-nos agora que o senhor pode tentar escapar de nós. Não há senão um caminho, aparentemente, como o senhor já deve ter indubitavelmente descoberto. Mas desejamos informar-lhe que até esse único caminho lhe está barrado. O senhor pode morrer, mas morrerá fracassando e reconhecendo o seu fracasso. Perceba: *Nós somos parte e parcela de suas possessões. Com seus milhões nós passamos para os seus herdeiros e descendentes para sempre.*

Nós somos o inevitável. Somos a culminação do desequilíbrio social e industrial. E agora nos voltamos contra a sociedade que nos criou. Somos os fracassos bem-sucedidos desta era, a peste de uma civilização desgraçada.

Somos os filhos de uma perversa relação social. Enfrentamos a força com a força. Só os fortes sobreviverão.

Nós acreditamos na sobrevivência dos mais aptos. O senhor afundou os seus escravos na lama e sobreviveu.

Seus capatazes, sob seu comando, mataram como cães seus empregados num bom número de greves sangrentas. Por estes meios o senhor sobreviveu. Não nos queixamos do resultado, pois aceitamos e nos mantemos segundo a mesma lei natural. Agora, a questão se coloca: *sob a presente ordem social, qual de nós sobreviverá?*

Acreditamos ser os mais aptos. O senhor acredita ser o mais apto. Deixa-nos a eventualidade para o tempo e a lei.

Cordialmente,
Os Mascotes de Midas

John, agora você se espanta de que eu evitasse a diversão e fugisse dos amigos? Mas por que explicar? Certamente este relato tornará tudo cristalino. Há três semanas atrás Adelaide Laidlaw morreu. Desde então venho aguardando com medo e esperança. Ontem, o testamento foi aberto e tornado público. Hoje, fui notificado de que uma mulher de classe média seria morta nas proximidades de Golden Gate, na distante San Francisco. Os despachos nos jornais desta noite fornecem detalhes do brutal acontecimento – detalhes que correspondem aos que me foram fornecidos antecipadamente.

É inútil. Não posso lutar contra o inevitável. Fui leal ao Sr. Hale e trabalhei duro. Por que motivo minha lealdade foi assim recompensada, não posso entender. Apesar disso, não posso faltar ao meu juramento, nem quebrar minha palavra, rendo-me. Assim mesmo, resolvi que não haverá mais mortes pesando sobre minha cabeça. Estou deixando os muitos milhões que recebi ainda há pouco aos seus herdeiros de direito. Que os poderosos filhos de Eben Hale trabalhem por sua salvação. Antes que tenha lido isto, eu terei ido. Os Mascotes de Midas são todo-poderosos. A polícia é impotente. Por ela, soube que outros milionários têm sido igualmente explorados ou perseguidos – o número não é sabido, pois quando um se rende aos M. de M., sua boca dali por diante está selada. Aqueles que ainda não se renderam estão agora mesmo recebendo sua colheita de sangue. O jogo sinistro está em andamento. O Governo Federal não pode fazer nada. Soube também que organizações similares entraram em cena na Europa. A sociedade está sacudida em seus alicerces. Os países e os poderes são como lenha seca pronta para arder. Em vez das massas contra as classes, é uma classe contra as classes. Nós, os protetores do progresso humano, estamos sendo detectados e destruídos. A lei e a ordem fracassaram.

Os oficiais pediram-me para manter silêncio. Eu fiz isso, mas não posso mais. Tornou-se uma questão de interesse público, acompanhada das mais diretas conseqüências, e eu cumprirei o meu dever antes de deixar este mundo, informando-o do perigo que corre. Por favor, John, como minha última vontade, torne tudo isto público. Não tenha medo. O destino da humanidade repousa em suas mãos. Que a imprensa tire um milhão de cópias; que as correntes elétricas as espalhem em todo o mundo; onde quer que homens se encontrem e falem, que falem disto com medo e pavor. Até que a sociedade totalmente desperta se erga em todo seu poderio e estirpe de si esta abominação.

                    Para sempre seu, num longo adeus,
                    afetuosamente,

                                Wade Atsheler.